U0693350

郑振铎◎著

郑振铎精品文集

Zhengzhenduo jingpin wenji

团结出版社
UNITY PRESS

图书在版编目（CIP）数据

郑振铎精品文集 / 郑振铎著. —北京：团结出版社，2018.1（2024.5 重印）
ISBN 978-7-5126-5486-0

Ⅰ. ①郑… Ⅱ. ①郑… Ⅲ. ①散文集—中国—现代② 小说集—中国—现代 Ⅳ. ①I216.2

中国版本图书馆 CIP 数据核字（2017）第 198893 号

出　版：团结出版社
　　　　（北京市东城区东皇城根南街84号　邮编：100006）
电　话：（010）65228880　65244790（出版社）
网　址：http://www.tjpress.com
E-mail：zb65244790@vip.163.com
经　销：全国新华书店
印　装：三河市金兆印刷装订有限公司

开　本：640mm×915mm　16开
印　张：11.5
字　数：200千字
版　次：2018年1月　第1版
印　次：2024年5月　第3次印刷

书　号：978-7-5126-5486-0
定　价：68.00元

前言 / QIANYAN

中国武侠小说家梁羽生曾经特意评价了一位中国作家，他就是郑振铎。

梁羽生这样说道："第一个因飞机失事而死的名作家是徐志摩，第二个是郑振铎。谈徐志摩的甚多，我来谈谈郑振铎吧。1958 年 10 月 20 日，他担任'中国文化团'团长，往阿富汗与苏联访问，飞机在苏联境内的卡纳什地区失事。他的死是中国文化界的一大损失。"

很显然，梁羽生在这里将郑振铎与徐志摩相提并论，可见郑振铎的文学地位。

郑振铎，我国现代杰出的爱国作家、文学史家、著名学者、文学评论家、翻译家、艺术史家，同时也是国内外著名的收藏家。1898 年生于浙江省永嘉县的他，19 岁入北京铁路管理传习所（今北京交通大学）学习。两年后参加"五四爱国运动"并开始发表作品，同时与沈雁冰等发起成立文学研究会。1925 年"五卅惨案"发生后，郑振铎与叶绍钧、胡愈之等一起创办《公理日报》，揭露和抨击帝国主义暴行，同年与郭沫若等人签名发表《人权保障宣言》。1934 年，郑振铎出版了《中国文学论集》《佝偻集》等论文集以及借希腊神话题材歌颂现实革命的小说集《取火者的逮捕》。

抗日战争爆发后，郑振铎参与组织发起多个文化界救亡协会并开展相关活动。新中国成立后先后担任文物局局长、文化部副部长等多个职务，直到 1958 年郑振铎在率团出国访问时因飞机失事而殉难，他的一生可以说是为了国家民族文化事业奋斗的一生。

为了缅怀这位杰出的爱国作家，重温他所经历的岁月，我们有必要去仔细拜读他的作品，跟随文字的引导，解读那段逝去的岁月。

目录 / MULU

猫

　　我家养了好几次猫，结局总是失踪或死亡。三妹是最喜欢猫的，她常在课后回家时，逗着猫玩。有一次，从隔壁要了一只新生的猫来。花白的毛，很活泼，常如带泥土的白雪球似的，在廊前太阳光里滚来滚去。三妹常常的，取了一条红带，或一根绳子，在它面前来回地拖摇着，它便扑过来抢，又扑过去抢。我坐在藤椅上看着他们，可以微笑着消耗过一二小时的光阴，那时太阳光暖暖的照着，心上感着生命的新鲜与快乐。后来这只猫不知怎地忽然消瘦了，也不肯吃东西，光泽的毛也污涩了，终日躺在厅上的椅下，不肯出来。三妹想着种种方法逗它，它都不理会。我们都很替它忧郁。三妹特地买了一个很小很小的铜铃，用红绫带穿了，挂在它颈下，但只显得不相称，它只是毫无生意的，懒惰的，郁闷的躺着。有一天中午，我从编译所回来，三妹很难过的说道："哥哥，小猫死了！"

　　我心里也感着一缕的酸辛，可怜这两月来相伴的小侣！当时只得安慰着三妹道："不要紧，我再向别处要一只来给你。"

　　隔了几天，二妹从虹口舅舅家里回来，她道，舅舅那里有三四只小猫，很有趣，正要送给人家。三妹便怂恿着她去拿一只来。礼拜天，母亲回来了，却带了一只浑身黄色的小猫同来。立刻三妹一部分的注意，又被这只黄色小猫吸引去了。这只小猫较第一只更有趣、更活泼。它在园中乱跑，又会爬树，有时蝴蝶安详地飞过时，它也会扑过去捉。它似乎太活泼了，一点也不怕生人，有时由树上跃到墙上，又跑到街上，在那里晒太阳。我们都很为它提心吊胆，一天都要"小猫呢？小猫呢？"查问得好几次。每次总要寻找了一回，方才寻到。三妹常指它笑着骂道："你这小猫呀，要被乞丐捉去后才不会乱跑呢！"我回家吃中饭，总看见它坐在铁门外边，一见我进门，便飞也似的跑进去了。饭后的娱乐，是看它在爬树。隐身在阳光隐约里的绿叶中，好像在等待着要捕捉什么似的。把它抱了下来。一放手，又极快地爬上去了。过了二三个月，它会捉鼠了。有一次，居然捉到一只很肥大的鼠，自此，夜间便不再听见讨厌的吱吱的声了。

某一日清晨，我起床来，披了衣下楼，没有看见小猫，在小园里找了一遍，也不见。心里便有些亡失的预警。

"三妹，小猫呢？"

她慌忙地跑下楼来，答道："我刚才也寻了一遍，没有看见。"

家里的人都忙乱地在寻找，但终于不见。

李嫂道："我一早起来开门，还见它在厅上。烧饭时，才不见了它。"

大家都不高兴，好像亡失了一个亲爱的同伴，连向来不大喜欢它的张婶也说："可惜，可惜，这样好的一只小猫。"

我心里还有一线希望，以为它偶然跑到远处去，也许会认得归途的。

午饭时，张婶诉说道："刚才遇到隔壁周家的丫头，她说，早上看见我家的小猫在门外，被一个过路的人捉去了。"

于是这个亡失证实了。三妹很不高兴的，咕噜着道："他们看见了，为什么不出来阻止？他们明晓得它是我家的！"

我也怅然的，愤恨的，在诅骂着那个不知名的夺去我们所爱的东西的人。

自此，我家好久不养猫。

冬天的早晨，门口蜷伏着一只很可怜的小猫。毛色是花白，但并不好看，又很瘦。它伏着不去。我们如不取来留养，至少也要为冬寒与饥饿所杀。张婶把它拾了进来，每天给它饭吃。但大家都不大喜欢它，它不活泼，也不像别的小猫之喜欢顽游，好像是具着天生的忧郁性似的，连三妹那样爱猫的，对于它也不加注意。如此的，过了几个月，它在我家仍是一只若有若无的动物。它渐渐的肥胖了，但仍不活泼。大家在廊前晒太阳闲谈着时，它也常来蜷伏在母亲或三妹的足下。三妹有时也逗着它玩，但没有对于前几只小猫那样感兴趣。有一天，它因夜里冷，钻到火炉底下去，毛被烧脱好几块，更觉得难看了。

春天来了，它成了一只壮猫了，却仍不改它的忧郁性，也不去捉鼠，终日懒惰的伏着，吃得胖胖的。

这时，妻买了一对黄色的芙蓉鸟来，挂在廊前，叫得很好听。妻常常叮嘱着张婶换水，加鸟粮，洗刷笼子。那只花白猫对于这一对黄鸟，似乎也特别注意，常常跳在桌上，对鸟笼凝望着。

妻道："张婶，留心猫，它会吃鸟呢。"

张婶便跑来把猫捉了去。隔一会，它又跳上桌子对鸟笼凝望着了。

一天，我下楼时，听见张婶在叫道："鸟死了一只，一条腿被咬去了，笼板上都是血。是什么东西把它咬死的？"

我匆匆跑下去看，果然一只鸟是死了，羽毛松散着，好像它曾与它的敌人挣扎了许久。

我很愤怒，叫道："一定是猫，一定是猫！"于是立刻便去找它。

妻听见了，也匆匆地跑下来，看了死鸟，很难过，便道："不是这猫咬死的还有谁？它常常对鸟笼望着，我早就叫张婶要小心了。张婶！你为什么不小心？"

张婶默默无言，不能有什么话来辩护。

于是猫的罪状证实了。大家都去找这可厌的猫，想给它以一顿惩戒。找了半天，却没找到。我以为它真是"畏罪潜逃"了。

三妹在楼上叫道："猫在这里了。"

它躺在露台板上晒太阳，态度很安详，嘴里好象还在吃着什么。我想，它一定是在吃着这可怜的鸟的腿了，一时怒气冲天，拿起楼门旁倚着的一根木棒，追过去打了一下。它很悲楚地叫了一声"咪呜！"便逃到屋瓦上了。

我心里还愤愤的，以为惩戒得还没有快意。

隔了几天，李嫂在楼下叫道："猫，猫？又来吃鸟了。"同时我看见一只黑猫飞快的逃过露台，嘴里衔着一只黄鸟。我开始觉得我是错了！

我心里十分的难过，真的，我的良心受伤了，我没有判断明白，便妄下断语，冤苦了一只不能说话辩诉的动物。想到它的无抵抗的逃避，益使我感到我的暴怒，我的虐待，都是针，刺我的良心的针！

我很想补救我的过失，但它是不能说话的，我将怎样的对它表白我的误解呢？

　　两个月后，我们的猫忽然死在邻家的屋脊上。我对于它的亡失，比以前的两只猫的亡失，更难过得多。

　　我永无改正我的过失的机会了！

　　自此，我家永不养猫。

　　　　　　　　　　　　　　　　　　一九二五年十一月七日于上海

绅士和流氓

因了"海派"的一个名辞，曾引起了很大的一场误会的笔墨的官司。在上海的几家报纸上，且有了很激烈的不满的文章。险些儿不惹动南北文士们的对垒。但这都不过是误会。

地理上的界限，实在是不足以范围作家们。江南多才士，不过是一句话罢了；最伟大的两部小说，《金瓶梅》和《红楼梦》，都不是江以南的人士写的。而张凤翼，沈憬之流的剧曲，虽是出于道地的吴人之手，也未见得便如何的高明。

与其说是"地理"的区分对于作家们有了很大的影响，不如说是"时代"的压力，所给予文士的为尤大。

在这个大时代里，我们有了许多可尊敬的作家们：这些作家们的所在地是并不限定在一个区域的。譬如说吧，在上海的所谓"海派"的中心的地方，有许多作家们正在那里努力的写作，而其写作的成就，却是那样的伟大，值得我们的赞叹与崇敬。但，在北平，却也未尝没有我们所敬仰的作家们在着。即在南京以至于其他地方，也时见到我们的可尊敬的文士们的踪迹。

那条被号为"天堑"的长江，是不能够隔断了那些被这大时代所唤醒的具有伟大的心胸与灵魂的文人们的联络的。他们在无形里，曾形成了个共同的倾向，一个向前努力的共同的目标，虽然他们不一定真的有什么"同盟"，什么"组织"。

和这些具有伟大的心胸与灵魂的作家们相对峙的，也不仅是所谓"海派"

者的一个支派。还有一个更可怕的戴着正人君子的面具的绅士们，也在那里钩心斗角的想陷害，毁坏文坛的前途。如果"海派"的文丐们是可入所谓"流氓"者的一群的话，那末绅士派的"士大夫"们也正是他们的一流；不过心计更阴险，而面目却比较的严峻，冷刻些而已。

说来，绅士和流氓，仿佛是相对峙的两种人物。其实在今日看起来，他们是各相反而实相成的；其坑害，烧坏文坛的程度，也正相类似。举一个有趣的近例：有所谓"艺术流氓"和"艺术绅士"的，曾互相攻讦过一时；而不久，却都得到他们所欲的什么，心满意足而去！虽然所使用的手段有点小小的不同。

但所谓"海派"的文氓者，为志小。为心似辣而实疏。从五四运动以来，便久成了新人们的攻击的目标。其活动的领域，也一天天的缩小；虽然不时的有一批批的新的分子加入，然而颓势却终于是不可挽救的。怪可怜的，他们的卑鄙的伎俩：至多只是放冷箭，浮夸，讽刺与冷笑，其秘密容易被拆穿，而谣言，也终于不过是谣言罢了，不会有什么重大的影响的。因为站在传统的被轻视的不利的地位上，根本上便不会有什么听者严重的在听受他们的；而他们，那冷笑与揭发，也便在怪可怜，怪狼狈的情态之下，而红了脸收场。

可怕的却是绅士的一派。那才是道地的"京朝派""长安居大不易"而住久了长安的，却表现出"象煞有介事"那样的一副清华高贵的气象出来！假如说文氓们是扮了丑角，向一部分的观众，打自己的嘴吧，而博得戋戋的养生之资的话，则文绅们的觅食之方，确是冠冕堂皇得多了。尽管是"暮夜乞怜"，在白昼，却终是那副骄人的相儿。因了某某种的机缘，他们是爬登上了被包买，被豢养的无形的金丝织就的笼里。也许他们本来是文氓之流，从此，却也不再放刁。反而装出正人君子的样子，道貌俨然的在给人以"师模"。刻薄话，都换上了宽厚的教训的衣衫。其可恶之处就在此。

他们是在教训，是在说正经话，是在示范于人，老实头的听众们便上了当，以为他们也是热情的，有心肝的，是要领导着人们向前走的，是和他们更尊敬的作家们走上一条路的，虽然说话的口音有些不同——所要走的路也有些两样的。但狡猾的文绅们，却早已声明过，那条路也是可以通到大道上去的。

孔子要诛少正卯，正是此故。如果是优施，优孟之流，便也不必劳动斧钺了。

他们在文坛上所做的破坏的工作，实在是大，一世纪，半世纪所打下的根基，可以破毁于一旦。

故，肃清文坛上的败类，是个紧要的事。

我们不忍看见年轻的有希望的人们，走上了小丑式的文氓的一道，天天以造谣，说谎，自己打嘴巴为职业。同时，更不忍看见一大群的有良心的人们，竟被说服，竟昧了心肝，弃了自己的前途，而群趋于卖身投靠的一途，而更领导别人去投入这火坑！

我说，做一个小工，做一个没齿无闻的田夫或小市民，也比读了几句书，便扮小丑，以打自己的嘴巴为业，或装绅士，烂掉自己的良心，以坑或扫有前途的文坛为能事的要强些。

该明白自己的作用；那支笔实在可怕；从笔尖沙沙的划着白纸的所写出的什么，其影响有非自己所知道的。

昔人有一首题"笔冢"的诗道：

髡友退锋郎，功成鬓发霜。

冢头封马鬣，不敢负恩光。

把笔锋写秃了的。曾想到自己使"笔"成就的是什么"功"么？曾想到不曾使那支无罪过的忠心的笔，受到了什么无可控诉的冤抑与不幸么？

抬起头来，看看今日的时代与中国！

书之幸运（一）

　　天一书局送了好几部古书的头本给仲清看。一本是李卓吾评刻的《浣纱记》的上册，附了八页的图，刻得极为工致可爱，送书来的伙计道："这是一部不容易得到的传奇。李卓吾的书在前清是禁书。有好些人都要买它呢。您老人家是老交易，所以先送给您老人家看。"又指着另外一本蓝面子、洁白的双丝线订着的《隋唐演义》，道："这是褚氏原刻的，头本有五十张细图呢，您老人家看看，多末好，多末工细！"说着，便翻几页给他看，"一页也不少，的确是原刻的，字刻一点也不模糊，连框也多末完整。我们老板费了很贵的价钱，昨天才由同行转让来的，刚才拿到手呢。"又指着一本很污秽的黄面子虫蚀了好几处的书道："这是明刻的《隋炀艳史》，外面没有见过。今早才收进来，还没有装订好呢。您老人家如要，马上就可以去装订。看看只有八本，衬订起来可以有十六本，还是很厚的呢。老板说，他做了好几十年的生意，这部书连不曾买过呢。四十回，每回有两张图，共八十张图，都是极精工的。"又指着一本黄面子装订得很好看的书道："这是《笑史》，共十六册，龙子犹原编，李笠翁改订的，外间也极少见。"这位伙计晓得他极喜欢这一类的书，且肯出价钱，所以一本本的指点给他看。此外还有几部词选，却是不大重要的。

　　仲清默默地坐在椅上，听着伙计流水似的夸说着，一面不停手地翻着那几本书。书委实都是很好的，都是他所极要买下的，那些图他尤其喜欢。那种工致可爱的木刻，神采奕奕的图像，不仅足以考证古代的种种制度，且可以见三四百年前的雕版与绘画的成绩是如何的进步。那几个刻工，细致的地方，直刻得三五寸之间可以容得十几个人马，个个须眉清晰，衣衫的襞痕一条条都可以看出；粗笨的地方，是刻的一堆一堆的大山，粗粗几缕远水，却觉得逸韵无穷，如看王石谷、八大山人的名画一样。他委实的为这部书所迷恋住了。但外面是一毫不露，怕被伙计看出他的强烈的购买心，要任意的说价，装腔的不卖。

"书倒不大坏；不过都是玩玩的书，没有实用。"他懒懒的装着不大注意的说着。

"虽然是玩玩的书，近几年买的人倒不少，书价比以前贵得好几倍了呢。"伙计道。

"李卓吾的《浣纱记》多少钱？那几部多少钱？"

伙计道："老板吩咐过的，您老人家是老交易。不说虚价。《浣纱记》是五十块钱，《隋唐演义》是三十块钱，《隋炀艳史》是八十块钱，《笑史》是五十块钱，……"他正要再一部的说下去，仲清连忙阻挡住他道："不必再说了，那些我不要。"

"价钱真不贵，不是怨老人家，真的不肯说实价呢。卖到东洋去，《浣纱记》起码值得一百块钱。《隋炀艳史》起码得卖个两百块。……"

仲清心里嫌着太贵，照他的价钱计算起来，共要二百块钱以上呢，一时哪里来这许多钱去买！且买了下来，知道宛眉一定又要生气的。心里十分的踌躇，手却不停地翻翻这本，翻翻那本，很想狠心一下，回绝那个伙计说："我不要买，请送给别人家去！"却又委实地舍不得那几部书归入别人的书室中。踌躇了好一会，表面上是假饰着仔细的在翻看那些书，实则他的心思全不注在书上。

伙计站在他旁边等候着他的回话。

"这几部书都是一点也不残缺的么？没有缺页，也没有破损么？"他随意的问着伙计。

"一点都没有，全是初印最完全的。我们店里已经检查过了，一页也不缺。缺了一页，一个钱都不要，您老人家尽管来退。您老人家是老交易，一点也不会欺骗您老人家的，您老人家放心好了。"

"那么，把这三部书的头本先放在这里吧。"说时，他把《浣纱记》《隋唐演义》《隋炀艳史》另放在一边，"其余的你带回去。价钱，我停一刻去和你们老板面议，还要去看看全书。"

"好的，好的。"伙计带笑地说道，好像他的交易已经成功了，"请您老人家停一刻过来。价钱，老板说是一定不减的。这部《笑史》也给您老人家留下吧，这部书很少见的，有人要拿去做石印呢。"伙计拿起《笑史》也要把它放在《浣纱记》诸书一堆。他连忙摇头道："这部我不要，没有用处，你带给别人家看吧。"伙计缩回手，把它和其他拣剩的书包在一个包袱中，说着"再见，您老人家"面去了。他点点头，仍旧坐下去办他的公事，心里十分踌躇，买不买呢？

他的妻宛眉因为他的浪买书，已经和他争闹过不止几十次了。

"又买书了！家里的钱还不够用呢。你的裁缝账一百多块还没有还，杭州的二婶母穷得非凡，几次写信来问你借几十块钱，你有钱也应该寄些给她用用。却自己只管买书去！现在，你一个月，一个月，把薪水都用得一文不剩，且看你，一有疾病时将怎么办！你又没有什么储蓄的底子。做人难道全不想想后来！况且书已经有了这许多了。"她说时指着房间的七八个大书架，这间厢房不算小，却除了卧床前面几尺地外，无处不是书，四面的墙壁都被书架遮没了，只有火炉架上面现出一方的白色。"房间里都堆得满满的了，还买书，还买书，看你把它们放到哪里去？"她很气愤地说着，"下次再买，我一定把你的什么书都扯碎了！"她的牙紧咬着，狠狠的顿一顿足。

他低头坐在椅上，书桌上放着一包新买来的书，沉默不言，任她滔滔的诉说着。

"这些书都是要用的，才买来。"他等着她说完了，抗辩似的回答了一句，但心里却十分的不安。他自己忏悔，不该对他的妻说不由衷的话；他买的书，一大半是随意的购买，委实不是什么因为要用了才去买的。

"要用，要用，只听见你说要用，难道我不晓得么？你买的都是什么小说、传奇，这些书翻翻而已，有什么实用！"

"你怎么知道没有用？我搜罗了小说是因为要做一部《中国小说考》，这部书还没有人做过呢。"

他的妻气渐渐的平了："难道别处都没有地方借么？为什么定要自己一部一部的买？"

"借么？向哪里去借？那么大的一个上海，哪里有一座图书馆给公众使用？有几家私人的藏书室，非极熟的人却不能进去看，更不用说借出来了。况且他们又有什么书？简直是不完不备的。我也去看过几家了，我所要的书，他们几乎全都没有。怎么不要自己去买呢！唉！在中国研究什么学问，几乎全都是机会使他们成功的。寒士无书可读，要成一个博览者是难于登天呢！"他振振有词的如此的说着，他的妻倒弄得没有什么话可说了。

"不过为了做一部书而去买了那么多的书来，也实在不合算。书店买不买你那部书还是问题，即使买了，三块钱一千字，二块钱一千字的算着，我敢担保定你买书的花的钱是绝计捞不回来了，工夫白费了是当然！"他的妻恳挚的劝着。

"我也何曾不知道。他们乱写了一顿，出了一二部集子倒立刻有了大作家的称号，一般青年盲目地崇拜着，书铺里也为他们所震吓，有稿子不敢不买了。辛辛苦苦的著作者却什么幸运都没有遇见。唉！世间上的事都是如此。谁叫得响些，谁便有福了。以后，再不买什么劳什子的书了，读书买书有什么用！"

"非必要的书少买些就好了，何必赌咒说不买书呢。别人的事不去管他，你只自己求己心之所安而已，"他的妻安慰着他说。"不过，你说的话真未见得靠得住的。现在说一定不买，你看不到几天，一定真又要一大包一大包的买进家了。"

他被他的妻说着了真病，倒说得笑起来了。

不多几天，他又买了一大包的书回家了，一大半是随手的无目的的买来的。他的妻见了，又生气起来："你真的一个钱在身边也留不住，总要全都送了出去才安心！家用没有了，叫我去想什么方法，你却又买了一大包的书回来！"她气愤愤的从架上取了一本书抛在地上，"一定要把它们都扯碎了，才可出我的一口气。"说着，又抛了一本书在地上，却究竟不忍实行她扯碎的宣言。他俯下去一本一本地拾起来，仍旧安放在架上，心里却也难过起来，暗暗的恨着自己太不争气了，太无决心了，太喜欢买书了，买了许多不必用的书，徒然摆在架上装装样子，一面却使他经济弄得十分穷困。他叹了一口气，自己怨艾着，他的妻坐在椅上默默的无言。两行清泪挂下她的双颊。他走近她身边，俯下身去，吻她的发，两手紧握着她，忏悔的说道："真对不住，真对不住，又使你生气了！我实在自己太无自制力了。见书就买，累你伤心。我心里真是难过！下次决计再不到书店里去了。"他又咬着牙顿一顿足的誓道："下次再去的不是人！"他的妻仰头望着他，双眼中泪珠还满盈盈的。

像这样的，一年来不止有几十次了。仲清好买书的习惯总是屡改不悛。正和他的妻宛眉打牌的习惯一样。

"你少买书，我就少打牌。"

"你不打牌，我也就不买书。"他们俩常常的这样牵制的互约着，却终于大家都常常的破约，没有遵守着。

现在，仲清要买的书，价钱太大了，他身上又没有几块钱剩下。买不买的问题，总在他心上缭绕着。这一天，恰好宛眉又被她五姨请去打牌了，他又得空到天一书局去走一趟。老板见了他来，很恭敬的招呼着他，刚才送书来的伙计也在那里，连忙端了一张凳来请他坐，又送了一杯茶来。

"您老人家请坐用茶，我到栈房里拿书给您。"那个伙计说着出店门去了。

"这几部书真是不容易见到。我做了好几十年的生意了，还不常遇见。《隋唐演义》卖出三部，李卓吾批的《浣纱记》只见过一次，那样好的《隋炀艳史》却简直未曾见过，不是您，真不叫人送去看。赵三爷不知听见谁说，刚才跑来，要看这几部书，我好容易把他回绝了。刘鼎文也正在收买这些小说传奇。不过他们都是买去点缀书架的，不像您是买去用的。"老板这样的滔滔的说着。

"那几部书倒委实不坏，不过你们的价钱未免开得太大了。"

"不大，不大，不瞒您说，不是您老主顾，真的不肯说实价呢。这种书东洋人最要买，他们的价钱真出得不低，不过我们中国的好东西，不瞒您说，我实在有些不愿意使它们流入异邦。所以本店不大和东洋人来往。不像他们，往往把好书都卖给外国人了。像他们那末样不知保存国粹的做着，不到几十年，恐怕什么宋版元抄，以及好一点的小说、传奇，都要陈列在他们外国人的家里去了。唉，唉，可叹！可叹！"老板似乎很感慨的说着，频频摇着他的光头。

仲清不好说什么，只默默的遥瞩着对面架上的书。慢慢的立起身来，走近架边，无目的的翻翻架上的书，又看看他们标着的价目。

书之幸运（二）

伙计抱了一包的书回到店里来："你老人家请来看，一页缺残也没有，只有一点虫蚀的地方。不要紧，我们会替您老人家修补好的。"

他一本一本的把这三部书都翻了一遍，委实是使他愈看愈爱。《隋炀艳史》上还有好几幅很大胆的插图，是他向未在别的书图上见过的。每本书，边框行格都是完完整整的，并无断折，一个个字都是锋棱钢利，笔画清晰，墨色也异常的清浓，看起来非常的爽目。一页一页的似乎伸出手来，要招致他来购买它。他心里强烈的燃着购买的愿望，什么宛眉的责难，经济的筹划，他都不计及了，然他表面上却仍装出可买可不买的样子。

"书实在不坏，只是价钱太贵了，不让些是难成交的。这种玩玩的书，我倒不一定要买，如果便宜了，便买，贵了，犯不着买，只好请你们送书别家去吧。"

老板道："价钱是实实的，一个也不能让。不瞒您说，《隋唐演义》我是花了二十五块钱买下的，《浣纱记》是我花了四十块钱买下的，《隋炀艳史》却花了我五十块钱，都是从一个公馆里买来的。除了我，别一家真不肯出那末大的价钱去买它们的。我辛苦了一场，二三十块钱，您总要给我挣的。这一次您别让价了。下次别的交易上，我们吃亏些倒可以。这次委实是来价太贵，不能亏本卖出。"

他明晓得秃头老板说的是一派谎话，却不理会他，假装着不热心要买的样子，说道："那末，请你的伙计明天到我公事房里把头本拿去吧。太贵了，我买不起。"

老板沉下脸，好像失望的样子，说道："您说说看，能出多少钱？"

"一百块钱，三部书，《隋炀艳史》要衬订过。"

老板摇摇头道："不成，不成，实在不够本钱。我本没有向您要过虚价。对不起，请您作成了我，不要让价了。大家是老交易，不瞒您说，有好书我总是先进给您看的。"

他很为难，想不到老板这样强硬，知道价是一定不能多让的了。

"那末，多出了十块钱，一百十块，不能再多了。我向来是很直爽的，不喜欢多讲价。"

"是的，我晓得您。不过这一次委实是吃亏不起。您是老顾主，既然如此，我也让去十块钱吧，一共一百四十块。不能再吃亏了。"

他懒懒地走到店门口，跨足要到街上去。心里却实实的欢喜这几部书，生怕被别人抢夺去了。"我再加十块，一共一百二十块，不能再加了。"

"相差有限，请你再加十块钱，一百三十块，就把书取去吧。"

他知道交易可成了，只摇摇头，仍欲跨出店门，"一个钱也不能再加了，实在不便宜。"

老板道："好了，好了，大家老交易，替您包好了，《隋炀艳史》先放在这里，订好了再送上。"

伙计把《隋唐演义》《浣纱记》包好了递给他，说道："我替您老人家叫车去，是不是回家？"

他点点头，伙计叫道："黄包车！海格路去不去？多少钱？"

"今天钱没有带来，隔几天钱取来再给你吧。"他对老板道。

"不要紧，不要紧，您随便几时送下都可以。"老板恭敬的鞠躬一下，几乎有九十度的弯下，光光的秃头，全部都显现出；送到门口，又鞠躬了一下，看他上车走了才进去。

他如像从前打得了一次胜仗，占了敌国一大块土地似的喜悦着，双手紧紧地抱着那一包书。别的问题一点也没有想起。

他到了家，坐在书桌上，只管翻阅新买来的几部书，心里充满了喜悦，也没有想起他的妻在外打牌的事。平常时候的等待时的焦闷与不安，这时如春初被日光所照射的残雪，一时都消融不见了。"实在买得不贵，"他自想着。

阅了许久，许久，才突然的想起了经济的问题。"怎么样呢？一百二十块钱，一块都还没有着落呢！"他时时的责怪自己的冒失，没有打算到钱，却敢于去买书。自己暗暗的苦闷着后悔着，想同宛眉商议。又怕她生气，责备。

　　他从来没有开口向人借过钱，这时却不由得不想到"借"的一条路上去了。这是一条唯一的救急的路。

　　向谁去借呢？叫谁去借呢？他自己永没有向人开口过，实在说不出，只好请宛眉去。这一次已经买了，总得还钱，挨些气也无法。叫她到五姨那里去借，五姨没有，再向二舅去，总可以有。"唉，这样的盘算着，真是苦恼！下次再不冒失去买书了！"

　　懒懒的在灯下翻着新买的书，担着一肚子的忧苦，怕宛眉回来听了，要大怒起来，不肯去借。

　　嗒、嗒、嗒，门环响着，他知道是他的妻回来了。他心脏加速的猛烈的跳着。"蔡嫂，开门，开门！"他的妻如常的叫道。

　　蔡嫂开了门，她匆匆的走进房，见他独坐在灯下，问道："清，你还没有睡？在看书么？"他点点头，怀着一肚子鬼胎。走近他，俯头吻了他一下，回头见书桌上放着一堆书，问道："你又买了书么？"他点点头，心里扰乱起来。

　　"多少钱？你昨天说身边一个钱也没有了，怎么又有钱去买书？是赊账的么？千万不要在外面赊账！你又没有额外的收入，这一笔账怎么还法？唉！又买书！"见他呆呆的如有所思的坐在椅上，一句话不响，便着急的再追问道："怎么不说话？是不是赊账买来的？回答一声说：'不是'，也可以使我宽心些！"

　　他心上难过极了，如果有什么地洞可逃，他一定逃下去了。她见他仍旧呆呆地坐在椅上不言语，便颤声的说道："唉！你还是不说话！想什么心事！是不是赊账买的？请你告诉我一声！说，'不是，'说'不是！'唉！"

　　他硬了头皮，横了心，摇摇头。她喜悦的说道："那么，不是赊账的了。是不是？"他点点头。她向前双手抱着他，说道："好的清，我的清，这样才对！买书不要紧，有多余的钱时可以去买，千万不要负债！"

　　他沉默着，什么话都说不出口。

　　全夜在焦苦、追悔、自责中度过。

第二天清早，他起床了，他的妻还在睡。他们没有说什么话。午饭时，他回家吃饭。饭后，坐在书桌上翻阅昨夜买来的《隋唐演义》，一面翻着，一面想同他的妻说话，迟疑了半天，才慢吞吞嗫嚅地说道："你能否替我到五姨那里借一百二十块钱来？这几天我要用。"他的眼不敢望着她，只凝视着书页，一面手不停的在翻着，虽然假装着很镇定，心却扑扑的跳着，等待她回答。

"什么用，借钱？你向来没有问过人借钱。"她诧异的问。

他不声不响，手不停的翻着书页。

"什么用要借钱？你说，你说！不说用途，我不去借。"

他只是不声不响，眼望着书页。

"晓得了，是不是要借去买书，还书店的账？除此之外，你不会有别的用途。"

他点点头，等候她的责备。真的她生气起来，把桌上的书一本一本的抛在地上，"一天到晚只想买书！这个脾气老是不改，我已不知劝说了多少次了！唉，唉！最好把饭钱房钱也都买书去，大家饿死就完了。"她伏着头在桌上，声音有些哽咽。他心里很难过，俯下身去拾书，说道："不要把这些书糟踏了，价钱很贵呢。"

她抬起头来问道："多少钱？是不是借钱就去买这些书？"

他点点头，承认道："是的。"把一本书拿到她面前，指点给她听，"共买了三部书，实在不贵，一百二十块钱。你看，这些画多末工致！如果我肯转卖了，一定可以赚钱。"

她不声不响，接过了书翻了一会。她的眼凝注着他的脸，见他愁眉不展的样子，心里委实不忍。她的气平下去了，叹了一口气道："为了买书去借钱，唉，下次再不可如此。没有钱便不要买。欠账是最不好的事！这次我替你去借借看。五姨也不是很有钱的，姨夫财政部里的薪水又几个月没有发了。能不能借来，还是一个问题呢。"

他脸上露出一线宽慰的笑容。"五姨那里没有，二舅那里去问问，他一定会有的。"

"你下次再不可这样冒失的去买书了。"她再三的吩咐着。

他点点头，不停手的在翻着书页。似乎一块大石已在心上落下。

淡漠

　　她近来渐渐的沉郁寡欢，什么也懒得去做，平常最喜欢听的西洋文学史的课，现在也不常上堂了。平常她最活泼，最愿意和几个同学在草地上散步，或是沿着柳荫走着，或是立在红栏杆的小桥上，凝望着被风吹落水面的花瓣，随着水流去。现在她只整天的低了头坐着，懒说懒笑的，什么地方也不去走。她的同学们都觉察出她的异态。尤其是她最好的女同学梁芬和周好之替她很担心，问她又不肯说什么话。任她们说种种安慰的话，想种种法子去逗她开心，她只是淡漠的毫不受感动。

　　有一天，梁芬手里拿着一封从上海来的信，匆匆地跑来向她说道："文贞，你的芝清又有信给你了，快看，快看！"

　　她懒懒的把信接过来，拆开看了，也不说什么话，便把它塞在衣袋里。

　　梁芬打趣她道："怎么？芝清来信，你应该高兴了！怎么不说话？"

　　她也不答理她，只是摇摇头。

　　梁芬觉得没趣，安慰了她几句话，便自己走开去了。

　　她又从衣袋里把芝清的信取出看了一遍，觉得无甚意思，便又淡漠的把它抛在桌上。

　　无聊的烦闷之感，如霉菌似的爬占在她的心的全部。桌上花瓶里插着几朵离枝不久的红玫瑰花，日光从绿沉沉的梧桐树阴的间隙中射进房里，一个校役养着的黄莺的鸟笼，正挂在她窗外的树枝上，黄莺在笼里宛转的吹笛似的歌唱着。她什么也听不见，看不见，只是闷闷的沉入深思之中。

她自己也深深的觉察到自己心的变异。她不知道为什么近来淡漠之感竟这样坚固而深刻的攀据在她的心头？她自己也暗暗的着急，极想把它泯灭掉。但是她愈是想泯灭了它，它却愈是深固的占领了她的心，如午时山间的一缕炊烟，总在她心上袅袅的吹动。

她在半年以前，还是很快活的，很热情的。

她和芝清认识，是两年以前的事。那时他们都在南京读书。芝清是南京学生联合会主席，她是女师范的代表。他们会见的时候很多，谈话的机会也很多。他们都是很活泼，很会发议论的。芝清主张教育是神圣的事业，我们无论是为了人类，为了国家，都应该竭力去倡办一种理想的学校，以教育第二代的人民。有一次，他们坐在草地上闲谈，芝清又慨然的说道：

"我家乡的教育极不发达，没有人肯牺牲了他的前途，为儿童造幸福。所有的小学教员，都是家贫不能升学，借教育事业以搪塞人家，以免被多人讥为在家坐食的。他们哪里会有真心，又哪里有什么学识办教育？我毕业后定要捐弃一切，专心在乡间办小学。我家有一所房子，建筑在山上，四面都是竹林围着，登楼可以望见大海；溪流正经过门前，坐在溪旁石上，可以看见溪底的游鱼；夏天卧树阴下，静听潺潺的水声，真是'别有天地非人间'，屋后又有一块大草地可以做操场，真是天然的一所好学校呀！只……"他说时，脸望着她，如要探索她心里的思想似的。停了一会，便接下去说道：

"只可惜同志不容易找得到。在现在的时候，谁也是为自己的前途奔跑着，钻营着，岂肯去做这种高洁的事业呢？文贞！你毕业后想做什么呢？"

她低了头并不回答他，但心里微微地起了一种莫名的扰动，她的脸竟涨得红红的。

沉默了一会，她才低声说道：

"这种理想生活，我也很愿意加入。只不知道毕业后有阻力没有？"

芝清的手指，这时无意中移近她的手边，轻轻的接触着，二人立刻都觉得有一种热力沁入全身心，脸都变了红色。她很不好意思的慢慢的把手移开。

经了这次谈话后，他们的感情便较前挚了许多。同事的人，看见这种情形，都纷纷的议论着。他们只得竭力检点自己的行迹，见面时也不大谈话；只是通信却较前勤得多了，几乎每天都有一封来往。

他们心里都感到一种甜蜜的无上的快乐。同时，却因不能常常见面，见面时不能谈话，心里未免时时有点难过。

她从他的朋友那里，得到他已经结过婚的消息。他也从她的朋友那里，知道她是已经和一位姓方的亲戚订过婚的。虽然他们因此都略略的有些不高兴，都想竭力的各自避开了，预防将来发生什么恶果，然而他们总不能祛除他们的恋感，似乎他们各有一丝不可见的富于感应的线，系住在彼此的心上，愈是隔离得久远，想念之心愈是强烈。

时间流水似的滚流过去，他们的这种恋感，潜入身心也愈深愈固。他们很忧惧，预防这恶果的实现，只是时间上的问题。他们似乎时时刻刻都感有一种潜隐的神力，要推逼他们成为一体。他们心里时时刻刻都带着凄然的情感。各有满肚子的话要待见面时倾吐，而终无见面的机会。便是见面了，也不像从前的健谈，谁都默默的，什么话也说不出，四目相对了许久，到了别离时，除了虚泛的问答外，仍旧是一句要说的话也没有诉说出来。

他们都觉得这种情况是决不能永久保持下去的。

他们便各自进行，要把各自的婚姻问题先解决了。在道德上，在法律上，都是应该这样做的。

他的问题倒不难解决，他的妻子是旧式的妇人。当他提出离婚的要求时，她不反抗，也不答应，只是低声地哭，怨叹自己的命运。后来他们的家庭被芝清逼促得无可如何，便由两方的亲友出面，在表面上算是完全答应了芝清的要求。不过她不愿意回娘家，仍旧是住在他的家里，做一个食客。芝清的事总算是宣告成功了。

解决她的问题，却有些不容易。她与她的未婚夫方君订婚，原是他们自己主动的。他们是表兄妹。她的母亲是方君的二姨母。他们少时便在一起游戏，在同一的私塾里读书。后来他们都进了学校。当他在中学毕业后，她还在高等小学二年级里读书。

五年前的暑假，他们同在他俩的外祖父家里住。这时她正考好毕业。

他们互相爱恋着。他私向她求婚，她羞涩的答应了他。后来他要求他母亲向姨母提求正式婚议，她们都答应了。他们便订了正式的婚约。她很满意；他在本城是一个很活动的人物，又是有才名的。

暑假后，她很想再进学校，他便极力的帮助她。她到了南京，进了女子师范。他们的感情极好，通信极勤。遇到暑假时，便回家相见。

自五四运动爆发后，他们的这种境况便完全变异了，她因为被选为本校的代表，出席于学生会之故，眼光扩大了许多，思想也与前完全不同，对于他便渐渐的感得不满意。后来她和芝清发生了恋爱，对于他更是隔膜，通信也不如从前的勤了。他来了三四封信，她总推说学生会事忙，只寥寥的勉强的复了几十字给他。暑假里也不高兴回去。方君写了一封极长的信给她，诉说自己近来生了一场大病，因为怕她着急，所以不敢告诉她。现在已经好了，请不要挂念。又说，他现在承县教育局的推荐，已被任为第三高等小学的校长。极希望她能够在假期内回来一次。他有许多话要向她诉说呢！但她看了这封信后，只是很淡漠的，似乎信上所说的话，与她无关。她自己也觉得她的感情现在有些变异了！她很害怕：她知道这种淡漠之感是极不对的，她也曾几次的想制止自己的对于芝清的想念，而竭力恢复以前的恋感。但这是不可能的。她愈是搜寻，它愈是逃匿得不见踪痕。

她在良心上，确然不忍背弃了方君，但同时她为将来的一生的幸福计，又觉得方君的思想，已与自己不同，自己对于他的爱情又已渐渐淡薄，即使勉强结合，将来也决不会有好结果的；似不应为了道德的问题，牺牲自己一生的幸福。

这种道德与幸福的交斗，在她心里扰乱了许久。结果，毕竟是幸福战胜了。她便写了一封信，说了种种理由，告诉方君，暑假实不能回去。

她与芝清的事，渐渐的由朋友之口，传入方君之耳，他便写了许多责难的信来。这徒然增加她对他的恶感。最后，她不能再忍受，便详详细细的写了一封长信，述说自己的思想与志愿，并坚决的要求他原谅她的心，答应她解除婚约的要求。隔了几天，他的回信来了，只写了几个字：

"玉已缺不能复完，感情已变不能复联。解除婚约，我不反对。请直接与母亲及姨母商量。"

这又是一个难关。亲子的爱与情人的爱又在她心上交斗着。她知道母亲和姨母如果听见了这个消息一定要十分伤心的。她不敢使她们知道，但又不能不使她们知道。踌躇了许久，只得硬了头皮，写信告诉她母亲与表兄解约的经过。

她母亲与她姨母果然十分伤心，写了许多信劝他们，想了种种方法来使他们复圆，后来还是方君把一切事情都对她们说了，并且坚决的宣誓不愿再重合，她们才死了心，答应他们的解约。

他们的问题都已解决，便脱然无累的宣告共同生活的开始。

虽然有许多人背地里很不满他们的举动，但却没有公然攻击的。他们对于这种诽议，却毫不介意；只是很顺适的过着他们甜蜜美满的生活。

他们现在都相信人生便是恋爱，没有爱便没有人生了。他们常常坐在一张椅上看书，互相偎靠着，心里甜蜜蜜的。有的时候，他们乘着晴和的天气，到野外去散步。菜花开得黄黄的，迎风起伏，如金色的波浪。野花的香味，一阵阵的送来，觉得精神格外爽健。他们这时便开始讨论将来的生活问题，凭着他们的理想，把一切计划都订得妥当。

一年过去，芝清已经毕业了。上海的一个学校，校长是他很好的朋友，便来请他去当教务主任。

"去呢，不去呢？"这是他们很费踌躇的问题。她的意思，很希望他仍在南京做事，她说：

"我们的生活，现在很难分开。而且你也没有到上海去的必要。南京难道不能找到一件事么？你一到上海，恐怕我们的计划，都要不能实现了，还有……"

她说到这里，吞吐的说不出话来，眼圈红了，怔视着他，像卧在摇篮里的婴孩渴望他母亲的抚抱。隔了一会，便把头伏在他身上，泣声说道："我实在离不开你。"

他的心扰乱无主了。像拍小孩似的，他轻轻的拍着她的背臂，说道："我也离不开你，这事，我们慢慢的再商量吧。"她抬起头来，他们的脸便贴在一起，很久很久才离开了。

他知道在南京很不容易找到事，就找到事也没有上海的好。不做事原是可以，不过学校已经毕业，而再向家里拿钱用，似乎是不很好出口。因此，他便立意要到上海去。她见他意向已决，便也不再拦阻他，只是心里深深的感到一种不可言说的凄惨，与从未有过的隔异。因此，不快活了好几天。

芝清走了，她寂寞得心神不定，整天的什么事也不做，课也不上，只是默默的想念着芝清，每天都写了极长的甜蜜的信给芝清，但是要说的话总是说不尽。起初，芝清的来信，也是同样的密速与亲切。后来，他因为学校上课，事务太忙，来信渐渐的稀少，信里的话，也显得简硬而无情感。她心里很难过，终日希望接得他的信，而信总是不常来；有信来的时候，她很高兴的接着读了，而读了之后，总感得一种不满足与苦闷。她也不知道这种情绪，是怎样发生的。她原知道芝清的心，原想竭力原谅他的这种简率，但这种不满之感，总常常的魔鬼似的跑来叩她的心的门，任怎样也斥除不去。

半年以后，她也毕业了。为了升学与否的问题，她和芝清讨论了许久许久。她的意见，是照着预定的计划，再到大学里去读书，而芝清则希望她就出来做事，在经济上帮他一点忙。他并诉说上海生活的困难与自己勤俭不敢糜费而尚十分拮据的情形。她很不愿意读他这种诉苦的话。她第一次感到芝清的变异和利己，第一次感到芝清现在已成了一个现实的人，已忘净了他们的理想计划。她想着，心里异常的不痛快。虽然芝清终于被她所屈服，然而二人却因此都未免有些芥蒂。她尤其感得痛苦。她觉得她的信仰已失去了，她的前途已如一片红叶在湍急的浊流上漂泛，什么目的都消散了。由彷徨而消极，而悲观，而厌世；思想的转变，如夏天的雨云一样快。此后地一个活泼泼的人便变成了一个深思的忧郁病者。

有一天，她独自在房里，低着头闷坐着，觉得很无聊，便提起笔来写了一封信给芝清：

我现在很悲观！我正徘徊在生之迷途。我终日沉闷的坐在房里，课也不常去上；便走到课堂里，教师的声音也如蝇蚊之鸣，只在耳边扰叫着，一句也领会不得。

我竭力想寻找人生的目的，结果却得到空幻与坟墓的感觉；我竭力想得到人生的趣味，却什么也如饮死灰色的白汤，惟不见甜腻之感，而且只觉得心头作恶要吐。

唉！芝清，你以为这种感觉有危险么？是的，我自己也有些害怕，也想极力把它扑灭掉。不过想尽了种种方法，结果却总无效，它时时的来鞭打我的心，如春燕的飞来，在我心湖的绿波上，轻轻的掠过去，湖面立刻便起了圆的水纹，扩大开去，漾荡得很久很久。没等到水波的平定，它又如魔鬼，变了一阵的凉飕，把湖水又都吹皱了。唉！芝清，你有什么方法，能把这个恶魔除去了呢？

亲爱的芝清，我很盼望你能于这个星期日到南京来一次。我真是渴想见你呀！也许你一来，这种魔鬼便会逃去了。

这几天南京天气都很晴明，菊花已半开了。你来时，我们可以在菊园里散步一会，再到梧村吃饭。饭后登北极阁，你高兴么？

她写好了，又想不寄去；她想芝清见了信，不见得便会对她表亲切的同情吧！虽然这样想，却终于把信封上了，亲自走到校门，把信抛入门口的邮筒里。

她满盼着芝清的复信。隔了两天，芝清的信果然来了。校役送这信给她时，她手指接着信，微微地颤抖着。

芝清的信很简单，只有两张纸。她一看，就有些不满意；他信里说，她的悲观都因平日太空想了之故。人生就是人生，不必问它的究竟，也不必找它的目的。我们做一天和尚撞一天钟，低着头办事，读书，同几个朋友到外边去散步游逛，便什么疑问也不会发生了。又说，上海的生活程度，一天高似一天。他的收入却并不增加。所以近来经济很困难，下月寄她的款还正在筹划中呢。南京之行，因校务太忙，恐不能如约。

她读完这封无爱感，不表同情的信，心里深深的起了一种异样的寂寞之感，把抽屉一开，顺手把芝清的信抛进去，手支着颐，默默的悲闷着。

她现在完全失望了，她感得自己现在真成了一个孤寂无侣的人了；芝清，她现在已确然的觉得，是与她在两个绝不相同的思想世界上了。

此后，她便不和芝清再谈起这个问题。但她不知怎样，总渴望的要见芝清。速写了几封信约他来，才得到他一封答应要于第二天早车来的快信。

第二天她起得极早，带着异常的兴奋，早早的便跑到车站上去接芝清。时间格外过去得慢；好容易才等到火车的到站。她立在月台上，靠近出口的旁边，细细地辨认下车的人。如蚁般的人，一群群地走过去，只看不见芝清。月台上的人渐渐的稀少了，下车的人，渐渐都走尽了。她又走到取行李的地方，也不见芝清，"难道芝清又爽约不成么？也许一时疏忽，不曾见到他，大概已经下车先到校里去了。"她心里这样无聊的自慰着。立刻跑出车站，叫车回校。到校一问，芝清也没有来。她心里便强烈的感着失望的愤怒与悲哀。

第二天芝清来了一封信，说因为校里有紧急的事要商量，不能脱身，所以爽约，请她千万原谅。她不理会这些话，只是低着头自己悲抑着。

她以后便不再希望芝清来了。

她心里除了淡漠与凄惨，什么也没有。她什么愿望都失掉了。生命于她如一片枯黄的树叶，什么时候离开枝头，她都愿意。

失去的兔

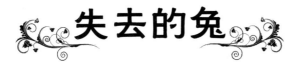

"贼如果来了，他要钱或要衣服，能给的，我都可以给他。"

一家人饭后都坐在廊前太阳光中，虽是十月的时候，天气却不觉十分冷。太阳光晒在身上，透进一缕舒适的暖意。微风吹动翠绿的竹，长竿和细碎的叶的影子也跟了在地上动摇着。两只红眼睛的白兔，还有六只小兔，在小小的园中东奔西跑的找寻食物。我心里很高兴，微笑的对着大家忽然谈起贼的问题。

二妹摇摇头笑道："世界上难有这样的好人。"

母亲笑道："你哥哥他真的会做出来。前年，我们刚搬到这里来时，正是夏天，他把楼上的窗户都洞开了，一点警戒的心也没有。一个多月没有失去一件东西。他大意的说道：'这里倒还没有贼。'不料到了有一天晚上，忽然被贼不费力的偷去了一件春大衣，两套哔叽的洋装，一件羽毛纱的衣服，还有一个客人的长衫。明早他起来了，不见了衣服，才查问起来，看见楼廊上有一架照相箱落下，是匆促中来不及偷走的，栏杆外边的橡檐上有一块橡皮底鞋的印纹。他才知道了贼是从什么地方上来的。但他却不去报巡警，说道：'不要紧，让他拿去好了，我还有别的衣服穿呢。'你们看他可笑不可笑。后来贼被捉了，在警局里招出偷过某处某处。于是巡警把他们带来这里查问。一个是平常做生意人的样子，一个是很老实的老头子，如一个乡下初上来的愚笨的底下人。你哥哥道：'东西已被偷去了，钱已被花尽了。还追问他们做什么？'巡警却埋怨他一顿，说他为什么不报警局呢。"

　　三妹道："哥哥对衣服是不希罕的，偷去了所以不在意。如果把他的书偷走了，看他不暴怒起来才怪呢！前半个月，我见他要找一本书找不到，在乱骂人，后来才记起来被一个朋友带走了。他咕咕絮絮的自言自语道：'再不借人了，再不借人了。自己要用起来，却不在身边！'"她一边说，一边学着我着急的样子，逗引得大家都笑了。

　　祖母道："你哥哥少时候真有许多怪脾气。他想什么，真会做出什么来呢。"

　　我正色的说道："说到贼，他真不会偷到书呢！偷了书，又笨重，又卖不得多少钱。不过我对于贼，总是原谅他们的。人到了肚皮饿得叫着时，什么事做不出来。我们偶然饿了一顿，或迟了一刻吃饭，已经忍耐不住了，何况他们大概总是饿了几顿肚子的，如何不会迫不得已的去做贼。有一次，我在北京，到琉璃厂书店里去，见一部古书极好，便买了下来，把身上所有的钱都用尽了，连回家的车钱都没有了。近旁又无处可借。那时恰好是午饭时候，肚里饥饿得好像有虫要爬到嘴边等候着食物的入口。我勉强的沿路走着。见一路上吃食店里坐客满满的，有的吃了很满足的出来，有的骄傲的走了进去。我几次也想跟了他们走进，但一摸，衣袋里是空空的，终于不敢走进。但看见热气腾腾的馒头饺子陈列在门前，听见厨房里铁铲炒菜的声音，铁锚打得嗒、嗒的声音，又是伙计们：'火腿白菜汤一碗，冬菜炒肉丝一盘，烙饼十个，多加些儿油'地叫着，益觉得肚里饥饿起来，要不是被'法律'与'羞耻'牵住了，我那时真的要进去白吃一顿了。以此推之，他们饿极了的人，如何能不想法子去偷东西！况且，他们偷东西也不是全没有付代价的。半夜里人家都在被窝中暖暖的熟睡着，他们却战战瑟瑟的在街角巷口转着。审慎了又审慎，迟疑了又迟疑，才决定动手去偷。爬墙、登屋、入房、开箱，冒了多少危险，费了多少气力，担了多少惊恐。这种代价恐怕万非区区金钱所能抵偿的呢。不幸被捉了，还要先受一顿打，一顿吊，然后再坐监中几个月或几年。从此无人肯原谅他，无人肯有职业给他。'他是做过贼的，'大家都是如此的指目讥笑着他，且都避之若虎狼。其实他们岂是甘心做贼的！世上有许多人，贪官、军阀、奸商、少爷等等，他们却都不费一点力，不担一点惊，安坐在家里，明明的劫夺、偷盗一般人民的东西，反得了荣誉、恭敬，挺胸凸腹的出入于大聚会场，谁敢动他们一根小毫毛。古语说，'窃钩者诛，窃国者侯'真是不错！"我越说越气愤，只管侃侃的说下去，如对什么公众演说似的。

"哥哥在替贼打抱不平呢,"三妹道。

"你哥哥的话倒还不错,做了贼真是可怜,"祖母道。

"况且,贼也不是完全不能感化的。某时,有一个官,知道了家里梁上有贼伏者,他便叫道:'梁上君子,梁上君子,请你下来,我们谈谈。'贼怕得了不得,战战兢兢的下梁来,跪在他面前求赦,他道:'请起来。你到这里来,自然是迫不得已的。你到底要用多少钱,告诉我,我可以给你。'这个出乎意外的福音,把贼惊得呆了,他一句话也说不出,半晌,才嗫嚅地说道:'求老爷放了我出去,下次再不敢来了。'某官道:'不是这样说,我知道你如不因为没有饭吃,也决不至于做贼的。'说时,便踱进了上房,取出了十匹布,十两银子,说道:'这些给你去做小买卖。下次再不可做这些事了。本钱不够时,再来问我要。'贼带了光明有望的前途走了回去,以后便成了一个好人。我还看了一部法国的小说。它写一个流落各地的穷汉,有一天被一个牧师收在他家里过夜。他半夜时爬起床来偷了牧师的一只银烛台逃走了。第二天,巡警提了这个人到牧师家里来,问牧师那只烛台是不是他家的。牧师笑道:'是的,但我原送给他两只的,为什么他只带了一只去?'这个流浪人被感动得要哭了。后来,改姓换名,成为社会中一个很著名的人物。可知人原不是完全坏的,社会上的坏人都是被环境迫成的。"

大家都默默无语,显然的是都同情于我的话了。太阳光还暖暖地晒着,竹影却已经长了不少。祖母道:"坐得久了,外面有风,我要进去了。"

母亲、二妹、三妹都和祖母一同进屋去了,廊上只有我和妻二人留着。

"看那小兔,多有趣,"妻指着墙角引我去看。

约略只有大老鼠大小,长长的两只耳朵,时时耸直起来,好像在听什么,浑身的毛,白得没有一点污瑕,不像它们父母那么样已有些淡黄毛间杂着,两只眼睛红得如小火点一样,正如大地为大雪所掩盖时,雪白的水平线上只露出血红的半轮夕阳。我没有见过比它们更可爱的生物。它们有时分散开,有时奔聚在母亲的身边,有时它们自己依靠在一处,它们的嘴,互相摩擦着,像是很友爱的。有时,它们也学大兔的模样,两只后足一弹,跳了起来。

"来喜,拿些菠菜来给小兔吃,"妻叫道。

菠菜来了,两只大兔来抢吃,小兔们也不肯落后,来喜把大兔赶开了,小兔们也被吓逃了。等一刻，又转身慢慢地走近来吃菜了。

"看小兔，看小兔，在吃菜呢。"几个邻居的孩子立在铁栅门外望着，带着好奇心。

妻道："天天有许多人在门外望着，如不小心，恐怕要有人来偷我们的兔子。"

"不会的，不会的，他们爬不进门来，"我这样的慰着妻，但心里也怕有失，便叫道："根才，根才，晚上把以前放兔子的铁笼子仍旧拿出来，把兔都赶进笼里去。散在园里怕有人要偷。"根才答应了。

第二天早晨，我下了楼，第一件事便是去看兔子，但是园里不见一只兔子的影子。再找兔笼子也不见了。

"根才，根才，你把兔笼放在哪里去了？"我吃惊的叫着。

"根才不在家，买小菜去了，"张嫂答应道。

"你晓得根才把兔笼子放在哪里？"我问张嫂。

"我不晓得。昨天晚上听见根才说，把兔子赶了半天，才一只一只捉进笼去。后来就不晓得他把笼子放在哪里了，"张嫂答道。

我到处的找，园中，廊上，厅中，厨房中，后天井，晒台上，书房中，各处都找遍了，兔子既不见一只，兔笼子也无影无踪。

"该死，该死！一定被什么贼连笼偷走了。"我开始有些愤急了。

妻和三妹也下楼来帮我寻找，来喜也来找。明知这是无益的寻找，却不肯就此甘心失去。

我躺在书房中的沙发上，想念着：大兔们还不大可惜，小兔们太可爱了，刚刚是最有趣的时期，却被偷走了。贼呀！该死！该死！为什么不偷别的，却偷了兔去！能卖得多少钱？为什么不把兔拿回来换钱？巡警站在街上做什么的？见贼半夜三更提了兔笼走，难道不会阻止。根才也该死，为什么不把兔笼放到厅上来？

我诅咒贼，怨恨贼，这是第一次，我失了衣服，失了钱，都不恨；但这一次把可爱的小兔提走了，我却痛痛的恨怒了他！这个损失不是金钱的损失！

……唉，大姊问我们要过，二妹的朋友也问我们要过。我都托辞不肯给，如今全都失去了。早知这样，还是分给人家的好。

"一定没有了，一定被贼偷去了！都是你！你昨天如果不叫根才把兔都捉进笼，一定不会全都失去的！散在园中，贼提起来多末费力，他们一定不敢来捉的。现在好了，笼子，兔子，一笼子都被捉去了。倒便宜了贼，替他装好在笼子里，提起来省力！"妻在寻找了许久之后，也进了书房，带埋怨似的说着。我两手捧着头，默默无言。

"小兔子，又有几只，一只，二只，"是来喜的声音，在园中喊着，我和妻立刻跳起来奔出去看。

"什么，小兔子已经找到了么？"我叫问着，心里突突的惊喜的跳着。

"不是的，是第二胎的小兔子，还很小呢，只生了两只，"来喜道。

墙角的瓦堆中，不知几时又被大兔做了一个窝，底下是用稻草垫着，草上铺了计多从母兔身上落下的柔毛，上面也是柔毛，做成了一个穹形的顶盖，很精巧，很暖和，两只极小的小兔，大约只有小白鼠大小，眼睛还没有睁开，浑身的毛极薄极细，红的肉色显露在外，柔弱无能力的样子，使人一见就难过。

又加了一层的难忍的痛苦与悲悯！

母兔去了，谁给它们乳吃呢？难道看它们生生的饿死！该死的贼，该杀的贼，这简直是犯了万恶不可赦的谋杀罪！

"根才怎么还不回来！快去叫巡警去，一定要捉住这偷兔贼，太可恨了！叫他们立刻去查！快些把母兔捉回来！"我愤急地叫着。

"唉！只要贼肯把兔子送回来，什么价钱都肯出，并且绝不追究他的偷窃的罪！"我又似对全城市民宣告似的自语着。

我们把那两只可怜的小兔从瓦堆中提出，放在一个竹篮中，就当作它们的窝。

我不敢正眼看他们那种柔弱可怜的惨状。

"快些倒点牛奶给它们吃吧！"我无望的，姑且自慰的吩咐道。

"没有用，没有用，它们不肯吃的。"张嫂道。

我着急地叫道："不管它们吃不吃，你去拿你的好了；不能吃，难道看它们生生的饿死！"

"少爷要，快去拿来好了。"妻说道。

牛奶拿来了，我把它们的嘴放在奶盘中。好像它们的嘴曾动了几动，后来又匍匐的浑身抖战的很费力的爬开了，毫没有要吃的意思。我摇摇头，什么方法也没有。

根才在大家忙乱中提了一大盘小菜进来。

"根才，你把兔笼子放在哪里的？"我道。

"根才，兔子连笼子都不见了！"妻道。

根才惶惑的说道："我把它放在廊前的，怎么会被偷了？"

我怒责道："为什么放在廊前？为什么不取来放在客厅上？现在，你看，"我手指着那两个未睁开眼睛的小兔说，"这两只小兔怎么办？都是你害了它们！"

根才无话可答，只摇摇头，半晌，才说道："平日放在园中都不会失去，太小心了，反倒不好了。"

我走进书房，取了一张名片，写上几个字，叫根才去报巡警，请他们立刻去找。

根才回来了，带了一句很简单的话来："他们说，晓得了。"

我心里很不高兴。妻道："时候不早了，你到公事房去吧。"

在公事房里，我无心办事，一心只记念着失去的兔，尤其是那两只留存的未睁眼的小兔。我特地小心的去问好几个同事，有什么方法可以养活它们，又到图书馆，立等的借了几册论养兔的书来，他们都不能给我以一点光明。

午饭时，到了家，问道："小兔呢？怎么样了？"

"很好，还活泼。"妻道。

竹篮上盖了一张报纸，两只小兔在报纸下面沙沙的挣爬着，我不忍把报纸揭开来看。

下午，巡警还没有什么消息报告给我们。我又叫根才去问他们一趟。警官微笑地说道："兔子么，我们一定代你们慢慢的查好了，不过上海地方太大了，找得到否，我们也不知道。"

要他们用心去找是无望的了。他们怎么肯为了几只兔子去探访呢？

姊夫来了，他的家住在西门，我特地托他到城隍庙卖兔的地方去看看，有没有像我们家里的兔在那里出卖。

又一天过去了，姊夫来说，那里也没有一毫的影迹。恐怕是偷兔的人提了笼沿街叫卖去了。

两只小兔还在竹篮中沙沙的挣爬着。我一点方法也没有。又给牛奶它们吃，强灌了进去，不久又都吐了出来。

"唉，无望，无望！"我这样的时时叹息着。

祖母不敢来看小兔子，只说，"可怜，可怜，快些给它们奶吃。"

母亲拿了牛奶去灌了它们几次，但也无用。

到了三天了，竹篮里挣爬的声音略低了些，我晓得这两个小小的可怜的生物，临命之期不远了。但我不敢揭开报纸的盖去望望它们。

"有一只不能动了，快要死了，还有一只好一点，还能够在篮上挣爬。"午饭时三妹见了我这样说。

我见来喜用火钳把倒死在地上的那只小兔钳到外面。妻掩了脸不敢看，我坐在沙发上叹息。

"贼，可诅咒的贼！唉，生生的饿死了这两只可怜的生物，真是万死不足以蔽事！只要我能捉住你呀，……"我紧紧地握着双拳，这样想着。如果贼真的到了我的面前，我一定会毫不踌躇的一拳打了下去。

再隔一天，剩下的那只小兔也倒毙在竹篮中了。

"贼，该死的贼！……"我咬紧了牙根，这样的诅咒着，不能再说别的话了。

"哥哥失了兔子，比失了什么都痛心些；他现在很恨贼，大概不肯再替贼打抱不平了。"仿佛是三妹在窗外对着什么人说道。

我心里充满了痛苦，悲悯，愤怒与诅咒，抱了头默默的坐在书房中。

压岁钱

　　家里的几个小孩子，老早就盼望着大年夜的到来了。十二月十五，他们就都放了假，终日在家里，除了温温书，读读杂志、童话，或捉迷藏，踢毽子，或由大人们带他们出去看电影以外，便梦想着新年前后的热闹与快活。他们聚谈时，总提到新年的作乐的事，他们很早的就预算着新年数日间的计划。

　　小妹最活泼，两颊如苹果般的红润，大哥一回家便不自禁地要去抱她，连连的亲她，有时把她捉弄得着急起来要哭了，还不肯放松。她常拍着两手，咕嘟着可爱的嘴，撒娇似的说道："姊姊，大年夜怎么还不来？"三妹一年年的长大了，现在不觉得已是一个婀娜动人的女郎了，便应道："不要性急！今天是十六，还有两个礼拜就是大年夜了。"

　　说到大年夜，那真是儿童们最快乐的一夜。他们见到许多激动而有趣的事与物，他们围着火堆，戴了花面具跳舞，他们有压岁钱，这些钱可以给他们自由花用。一切都是有味的，都是蕴蓄无穷的乐趣的。

　　近二十时，家里开始忙乱起来了，厨子买了许多鸡鸭鱼肉来；孩子们天天见他杀鱼杀鸡鸭，有的用盐腌，有的浸在酱油中，都觉得是平常所未有过的。隔了几天，瓦檐前已挂了许多腊货。家里个个人都忙着，二妹、三妹也去帮忙，只有小妹、小弟和倍倍旁观着，有时带着诧异的神情望着，有时却不休的问着，问得大人们都讨厌起来。

　　地板窗户都揩洗过了，椅上也加了红缎垫子，桌前围了红缎围布，铜的锡的烛台都用瓦灰擦得干干净净；这是张婶、李嫂、来喜们的成绩，母亲也曾亲自动手过。

大年夜一天天近了，孩子们一天天的益发高兴起来。二十八日，厨子带了一个大猪头来，这引动了孩子们的好奇心，窝蜂似围拢来看。母亲叫张婶取了一大盆水来，把猪头放在水盆中，母亲自己、来喜、张婶和二妹，每个人都手执一把钳子，去钳猪头上的细毛。费了半天的工夫才把猪头钳洗干净了。

二十九日，厨房里灯火点得亮亮的，厨子和李嫂忙得没有一刻空闲，他们在蒸米粉，做年糕。厨子拿了热气腾腾的大堆的糕团，在石臼中舂捶；孩子们见他执了大石锤，一下一下，很吃力的舂着，觉得他的气力真是不可思议的大。舂完了，三妹首先问他要一点糕团来，掐做好些有趣的东西，人呀、兔呀、猴子呀，她都会做。小妹、小弟学样，也去同厨子要糕团。

"你们也要做什么？又不会做东西，"他故意的嗔责道。

小弟哭丧着脸，如受了重大打击似的，一声不响地站着，小妹却生气了。

"三姊有，我们为什么没有？你怎么知道我不会做什么？告诉妈妈去，你敢不给我！"

厨子带笑的摘了两小块糕团给他们，一人给一块，说道："不要气，同你玩玩，不要气。"小弟还咕嘟着嘴不太高兴。

大年夜终于到来了！

早上，一切的筹备都已就绪了。大家略略的觉得安闲些。大哥还要到公司里去做半天工，因为要到下午才放假。店家要账的人，陆续的来了，母亲和嫂嫂一个个的付钱，把他们打发走。到了午后，母亲在房里包压岁钱，嫂嫂和二妹、三妹在祖宗牌位前面摆设香炉烛台；厨子在劈柴，一根根的劈得很细，来喜帮他把柴堆在天井中，很整齐的堆列着，由下堆到上。小妹、小弟和倍倍在房里围着大哥，抢着要他刚才买回家的种种花面具。

"我要那个红脸的。"小弟道。

"我要那个白脸有长胡子的。"小妹道。

倍倍伸了两只小手道："爹爹，我也要，我也要！"

大哥把红脸的给小弟，白脸有须的给小妹，剩下一个黑脸的给倍倍。孩子们拿了花面具，立刻嘻嘻哈哈的戴到脸上去，各自欲吓别人。

"你长了胡子了，脸怎么白得和壁上的石灰一样？"

"你才好看哩，怕人的红脸，和强盗似的！"

倍倍不说话，戴了黑的面具，立刻到大厅上去找他的母亲。"姆妈，姆妈，我的脸好看不好看？"他很起劲的说道。

"真有趣，黑黑的脸！倍倍，你这个花面具真好，谁买给你的？"

"爹爹，他给我的。"

说时，小弟、小妹也都跑来了，大厅上立刻充满了孩子们的笑声和哄闹声。

晚上，先供祭了祖先，大家都恭恭敬敬的跪拜着，哥哥却只鞠了三下躬。倍倍拜时，几乎是伏在地上，大家都哄堂的笑了。然后，母亲带小弟到灶下去，叫他取了火钳，在灶中钳了一块熊熊燃烧着的柴来，放在天井柴堆中。这个柴堆也烧了起来。黑暗的天井中，充满了火光，人影幢幢的往来。来喜把盐一把一把的掷在柴堆中。它便噼拍噼拍的爆响起来。小妹也学样，掷了不少盐进去。

母亲道："好了，不要再掷了。"她还是不肯停止。

大厅上摆设了桌子，大大小小都围在桌上吃年饭。没有在家的人，也设有座位，杯前也放着一副杯箸。天井中柴堆还只是烧着，来喜在那里照料。

饭后，母亲分压岁钱了，二妹、三妹都是十块钱，小妹、小弟和倍倍，则每人一块钱，都用红纸包了。小弟接了钱，见只有一块，立刻失望的不高兴起来。

"姆妈答应过给我五块钱，去订一年《儿童画报》，还买一部滑冰车。怎么只有一块？我不要！"

说时，他把钱锵的一声抛在桌上。母亲道："做什么？你大年夜还要发脾气！你看，小妹、倍倍都安安静静没有说一句话。"

小弟急得嘴边扁皱起来，快要哭了。

"大年夜不许哭，哭就打！"母亲道。

大哥连忙把小弟连劝带骗的哄到书房里来。

"不要着急，等一等我给你钱。唉，弟弟，你知道我小时有多少压岁钱？哪里像你们一样，有什么一块两块的！

"有一年，当我才八九岁时，我在大年夜的前几天就预算好新年要用的钱和要买的东西了。我和大姊道：'去年祖母给二百钱做压岁钱，今年我大了一岁，一定可以给我五百钱。我要买花炮放，还要买糖人，还要和你，和他们掷状元红，今年一定要赢你的。'我一切都计划得好好的，五百钱恰好够用。

"到了大年夜了，我十分的快活，一心等候着祖母发压岁钱。饭后，祖母拿出一包包的红纸包，先递一包给大姊，又递一包给我。我一看，只有一百钱！那时，我真失望，好像跌入一个无底的暗洞中似的，觉得什么计划都打翻了；花炮糖人都买不成，状元红也不配掷了。

"我哭声的问祖母道：'今年压岁钱怎么只有一百钱？我不要！'

"祖母一句话也没有，眉毛紧皱着，好像有满脸心事似的。

"我见祖母不答应我，知道无望了，便高声地哭了起来。祖母道：'你哭你哭！要讨打了！大姊只有五十钱呢！她不哭，你哭！你晓得今年没有钱吗？'说时，她脸色凄然，好像倒也要下泪了。婶母见我哭了，连忙把我哄到她房里，说道：'乖乖的，不要哭，祖母今年实在没有钱。明年正月里一定会再给你的。'

"祖母在她房里自言自语道：'三儿钱还不寄来，只有两块钱了，今天又换了一块做压岁钱，怎么过日子！'她说时，声音有些哽咽了。婶母道：'你听，祖母说的话！她多疼爱你，有钱难道还不给你么？'

"我的气终于不能平下去。倒在床上抽噎了许久，才被婶母拉进房里去睡。那一个大年夜真是不快活的一个。第二天，听婶母对老妈子说，老太太昨夜曾暗自流泪了一回。后来，我见祖母开抽屉取了钱打发地保上门贺喜的，去望了一望，真的，她抽屉里只有一块钱，另外还有压岁钱分剩的几百钱，此外半个钱也没有了。这个印象我到现在还极深刻的留着。唉！我真不应该使祖母伤心！"

弟弟倚在大哥怀里，默默地听着，在灯光底下，见大哥脸色很凄惨，眼角上微微的有几滴泪珠，书房里是死似的沉寂。

外面，大厅上，小妹和倍倍的喧闹、嬉笑的声音，时时的透达进来。

五老爹（一）

　　我们猜不出我们自己的心境是如何的变幻不可测。有时，大事变使你完全失了自己的心，狂热而且迷乱，激动而且暴勇，然而到事变一过去，却如暴风雨后的天空一样，仍旧蔚蓝而澄清；有时，小小的事情，当时并不使你怎样激动，却永留在你的心底，如墨水之渗入白木，使你想起来便凄楚欲绝。有时，浓挚的友情，牵住你一年半年，而一年半年之后，他或她的印象却如梅花鹿之临于澄清无比的绿池边一样，一离开了，水面上便不复留着他们的美影；有时，古旧的思念，却历劫而不磨，愈久而愈新，如喜马拉雅山之永峙，如东海、南海之不涸。

　　三十年中，多少的亲朋故旧，走过我的心上，又过去了，多少的悲欢哀乐，经过我的心头，又过去了；能在我心上留下他们的深刻的印象的有几许呢？能使我独居静念时，不时忆恋着的又有几许呢？在少数之少数中，五老爹却是一位使我不能忘记的老翁。他常在我童年的回忆中，活泼泼的现出；他常使我忆起了许多童年的趣事，许多家庭的琐故，也常使我凄楚的念及了不可追补的遗憾，不忍复索的情怀。

　　是三十年了，是走到"人生的中途"了，由呱呱的孩提，而童年，而少年，而壮年；我的心境不知变异了几多次，我的生活不知变异了几多的式样，而五老爹却永远是那样可惊的不变的五老爹。长长的身材，长长而不十分尖瘦的脸，月白的竹布长衫，污黄的白布袜，慈惠而平正的双眼，徐缓而滞涩的举止，以至常有烟臭的大嘴，常有烟污的焦黄色手指，厚底的青缎鞋子，柔和的微笑，善讲善说的口才，善于作种种姿势的手足，三十年了，却仿佛都还不曾变了一丝一毫似的。去年的春天，我到故乡去了一次。五老爹知道我回去了，特地跑来找我。他一见了我，便道：

"五六年不见了，你又是一个样子了。听说你近来很得意。但你五老爹却还依然是从前一贫如洗的五老爹！……"

面前立的宛然是五年前的五老爹，宛然是三十年前的五老爹，神情体态都还不变，连头发也不曾有一茎白，足以表示五年的，三十年的岁月的变迁的，只有：他的背脊是更弓弯了。

这是我最后一次的见他。半个月后，我离了故乡。三四个月后，黄色封套，贴着一条蓝色封套，上写"讣闻"二大字的丧帖，突然的由邮局寄到。"前清邑廪生春浩府君痛于……"我翻开了丧帖一看便怔住了：想不到活泼泼的五老爹那末快便死去了。

后来听见故乡的亲友们传说，五老爹临死的两三个周，体态完全变了一个样子，龙钟得连路都走不动；又变成容易发怒，他的妻，我们称她为"姑娘"的，一天不知给他骂了多少次，甚至动手拿门闩来打她。亲戚们的资助，他自己不能去取了，便叫了大的男孩子去。有时拿不到，他便叨叨啰啰的大骂一顿，是无目的的乱骂。他们都私下说"五老爹变死"了。而真的，不到两三个月，这句咒语便应验了。

但我没有见到过这样变态的五老爹。五老爹在我的回忆中，始终是一位可敬的不变的五老爹。长长的身材，长长而不十分尖瘦的脸，月白的竹布长衫，污黄的白布袜，……三十年来如一日。

我说五老爹是"老翁"，一半为了他辈分的崇高。他是祖母的叔父，因为是庶出的，所以年龄倒比祖母小了十多岁。他对祖母叫"大姊"，随了从前祖母母家的称号；祖母则称他为五老爹，随了我们晚辈的称呼。叔叔们已都称他为五老爹了，我自然应该更尊称他。然而祖母说："孩子不便说拗口的话，只从众称五老爹好了！"

我说五老爹是"老翁"，一半也为了他体态的苍老。我出世时，他只有三十多岁，然而已见老态，举止徐缓而滞涩，语声苍劲而沙板，眼睛近视得连二三尺前面的东西也看不清楚。他还常常夸说他的经历，他的见闻。我们浑忘了他的正确的年龄，往往当他是一个比祖母还老的老翁。然而他的苍老的体态，却年年是一样的，如石子缝中的苍苔，如屋瓦下的羊齿草，永远是那样的苍绿。所以三十多岁不觉他是壮年，六十多岁也不觉他变得更老，除了背脊的更为弓弯。

　　他并不曾念过许多书。听说，年轻时曾赴过考场。然而不久便弃了求功名的念头，由故乡出来，跟随了祖父谋衣食。如绕树而生的绿藤一样，总是随树而高低，祖父有好差事了，他便也有；祖父一时赋闲了，他便也闲居在家；祖父虽有短差事在手而不能安插自己私人时，他便又闲居着。大约他总是闲居的时候多。他闲居着没事，抱抱孩子，以逗引孩子的笑乐为事。孩子们见他闲居在家便喜欢；五老爹这个，五老爹那个，几乎一时一刻离不了他；见他有事动身了便觉难过："五老爹呢？五老爹？我要五老爹！"个个孩子一天总要这样的吵几次。而我在孩子们中尤为他所喜爱。我孩提时除了乳母外，每天在他怀抱中的时候最久。他抱了我在客厅中兜圈子；他抱了我，坐在大厅上停放着的祖父的藤轿中荡动着；他把我坐在书桌上，而他自己裁纸折了纸船纸匣给我玩。我一把抓来，不经意的把他折的东西毁坏了，而他还是折着。在夜里，他逗引着我注视红红的大洋油灯。我不高兴的要哭了，他便连声地哄着道："喏，喏，喏，你看墙上是什么在动？"他的手指，便映着灯光做种种的姿态。我至今还清楚地记得：他映的兔头最像，而两个手指不住的上下扇动，状若飞马之拍翼，最使我喜欢。其他犬头、猫头、猪头，也都和兔头的样子差不了多少，不过他定要说它是犬头、猫头或者猪头罢了。最使我害怕，又最使我高兴的，是他双手叉着我的肋下，高高的把我举在空中，又如白鸽之飞落似的迅快的把我放下。我的小心脏当高高的被举在空中时，不禁扑扑的跳着。我在他头顶上，望下看着，似乎站在绝高的山顶，什么东西都变小了，而平时看不见的黑滚滚的轿顶，平时看不见的神龛里的东西，也都看得很清楚，连绝高的屋脊也似乎低了，低了，低到将与我的头颅相撞。当我被迅速的放落时，直如由云端坠落，晕迷而惶惑。而大厅的方砖地，似乎升上来，升上来，仿佛就要升撞到我的身上。直到我无恙的复在他怀抱中时，我才安心定神，而我的好奇心又迫着我叫道："五老爹，再来一下！"

　　我大了一点，他便坐在祖母的烟盘边，抱我在膝上，讲故事给我听。夜间静寂寂的，除了小小的烟灯，放出圆圆一圈红光，除了祖母的噬噬潺潺的吸烟声，除了一团的白烟，由烟斗，由祖母嘴里散出外，一切都是宁静的。

而五老爹抱了我坐在这烟盘边,讲有长长的,长长的故事给我听,直讲到我迷迷沉沉的双眼微微的合了,祖母的脸,五老爹的脸渐渐的模糊了,远了,红红的小灯渐晰的似天边的小圆月般的亮着,而五老爹的沙板苍劲的语声,也如秋夜的雨点,一声一滴地落到耳朵里,而不复成为一片一段时,他方才停止了他的讲述,说道:"睡着了。"便轻轻地把我放在床铺上躺着睡,扯了一床毡子盖在我身上。

他讲着"海盗"的故事,形容那种红布包在头上,见人便杀的"海盗",是那样的真切,他说道:"'海盗'都拿着明晃晃的刀,尖尖的长枪,人一见了他们便跪下来献东西给他们。他们还是一刀把人的头斫下,鲜血直喷!有一次,一大批的男男女女,老老小小,躲在一大堆稻草下面避着'海盗'。'海盗'团团转转的找不见人,正要走了,一个执着长枪的'海盗'无意中把枪尖向草里刺了一下,正中一个男人的腿,他痛得喊了一声。于是'海盗'道:'有人!有人!'他们都把长枪向草堆中乱刺,稻草都染得红了,草堆里的人是一个也不剩。还有,我家的一个亲戚,你应该叫她祖太姑的,她现在已经死了;她的一家死得才惨呢!'海盗'来了,全家不留一个人,只有你祖太姑躲藏在厨房的灶洞中,没有被他们看见。她亲眼看见'海盗'的头上包着红布,手里都拿着明晃晃的刀枪,头发长长的。'海盗'走后,她由灶洞里爬了出来,满天井是死人!亏得一个老家人躲在别处的,回来见了她,才背了她出城逃难。半路上,他们又遇见一个'海盗',老家人头上被斫了一刀,红血流得满脸;还好,你祖太姑很聪明,连忙把手上戴的小金镯脱下来给他,才逃得性命出来!"

他这样的追述那恐怖时代的回忆,使我又害怕又要听。微明而神秘的烟盘边,似乎变成了死骸遍地的空宅、旷场。而他的讲述《聊斋》,也使我有同样的恐怖。我不怕狐仙花怪的故事,我最怕的是山魈、僵尸。有一次,他说道:"一位老太太和一个婢女同睡在一屋。老太太每夜听见窗外有人喷水的声音,便起了疑心,叫醒婢女一同去张望。却见一个白发龙钟的老太婆在那里用嘴喷水洒花。她知有人偷窥,便向窗喷了一口水。老太太和婢女都死了过去。第二天,家里的人推进房门,设法救活他们,却只救活了婢女,老太太是死了。婢女述夜中所见的情形。家人把老太太所没入的地方掘起来,掘不到七八尺,却见一个僵尸,身体还完好的躺在那里,正是婢女夜中所见的白发龙钟的老太婆。他们把她烧了，此后才不再出现。"我听得怕了起来，仿佛我们的窗外也有人在呼呼的喷着水一样。我紧紧的伏在五老爹胸前不敢动，眼睛光光的望着他，脸色是又凄凝，又诧异，如一个宗教的罪人听着牧师讲述地狱里的惨状一样。

但他最使我兴高采烈的，笑着、聚精会神的听着的，还是他的《三国志》的讲述。他手舞足蹈的形容着，滔滔不息的高声讲述着刘备是怎样，张飞是怎样，曹操是怎样，这些英雄的名字都由他第一次灌输到我心上来。他形容着关公的过五关，斩六将，仿佛他自己便是红脸凤眉长髯的关羽，跨了赤兔马，提着青龙偃月刀。他形容着张飞的喝断板桥，仿佛他自己便是黑脸的张飞，立在桥边，举着丈八蛇矛，大喝一声，喝退了曹操人马。他形容着曹操的赤壁大败，仿佛他自己便是那足智多谋，奸计满胸的曹操。他形容曹操的割须弃袍，狼狈不堪的样子，不禁的使我大笑。他讲得高兴了，便把我坐在床上，而他自己立起来表演。长长的身材，映在昏红的小小灯光之下，仿佛便是一个绝世的英雄。这一部《三国志》足足使他讲了半年多，直到他跟了祖父到青田上任去，方才告终，然而还未讲到六出祁山。每夜晚饭后，我必定拉着他，说道：

"五老爹，接下去讲，曹操后来怎样了？"

于是他又抱了我坐在祖母的烟盘边讲述着这长长的，长长的故事。

我已经到了高等小学里读书。有一天，吃中饭时，我一个不小心，把一根很长的鱼骨鲠在喉头了；任怎样咳嗽也咳不出，用手指去抠，也抠不到，吃了一大团一大团的饭下去也粘它不下去。喉头隐隐的作痛，祖母、母亲都很惊惶。他们叫我张大了嘴给她们看，也看不见鱼骨鲠在哪里。我急得哭了起来。五老爹刚好从外面进来——当然，他这时又是赋闲住在我们家里——我一见他，便哭叫道："五老爹快来！五老爹快来！鱼骨鲠得要死了！要死了！"五老爹徐缓地踱了过来，说道："不要紧的，等五老爹把你治好，五老爹有取鱼骨的秘方。"于是他坐在椅上，拉我立在他双膝中间叫我张大了嘴，又叫丫头去取一把镊子来。他细细的，细细地看着，不久使用镊子探进喉头。随镊子到口腔外的是一根很长的鱼骨，还带着些血。他问道："现在好了么？"我咽了咽口水，点点头，心里轻快得多，真如死里逃生。至今祖母对人谈起这事，还拿我那时窘急的样子来取笑。

　　五老爹快四十三四岁了，还不曾娶亲。还是祖父帮助了他一笔钱，叫他回故乡去找一个妻子。他娶的是大户人家的一个婢女，年纪只有二十左右，同他在一起真可算是父女。当然，他的妻不会美丽，圆圆的一张脸，全身也都胖得圆圆的，身材矮短，只齐五老爹的腋下高，简直像一个皮球；她不大说话，样子是很傻笨的。他结婚了不多几月，便把她带到我们家里来，于是他们俩都做了我们家里的长住的客人。我们只叫他的妻做"姑娘"，并没有什么尊称。自此，五老爹不再指手划足的谈《三国志》，讲鬼神，但却还健谈；一半，当然是因为我已经大了，自己会看小书了，不会再像坐在他膝上听讲《三国志》时那么的对于他的讲述感兴趣了，一半，也因为他现在已成了家。

　　他成了家不久，姑娘便生了一个女孩子，这孩子很会哭，样子又难看，合家的人都不大喜欢她，而她的母亲，姑娘，终日呆涩死板的坐在房里，也不大使合家怎么满意。只有五老爹依旧得众人的欢心，他也依旧健谈不休。

五老爹（二）

　　祖父故后，我们家境也很见艰难，当然养不起许多闲人食客，于是在一批底下人辞去后，跟着告别回归故乡的，还有五老爹和他的"姑娘"和他们的善哭的女儿；他的去，一半也因为祖父已经去世，他的希望，他的"靠山"是没有了，所以不得不归去，另谋别一条吃饭的路。

　　啊，与我童年时代有那么密切的系连的五老爹是辞别归去了，从这一别，直到了十年后方才在北京再见。记得他带了他的妻女上"闽船"归去时，祖母叫了一个老家人替他押送着行李，那简简单单的包括两只皮箱、一只网篮、一卷铺盖的行李，还叫我也跟了去送行："顶疼爱你的五老爹回家了，你要去送送。"闽船是一种不及二三丈长的帆船，专走闽浙一路海边贩运货物的，而载客是例外。这样的船，在海边随风驶行着，由浙到闽，风顺时也要半个月，逆风时却说不定是一月两月。由闽出来时，大都贩的是香菰、青果之类，由浙回闽，贩的却都是猪。猪声吆吆的，与人声交杂，猪臭腾腾的，与人气混合。那真是难堪的苦旅行。五老爹要是有钱，他可以走别的路径，起陆，或由上海坐轮船回去。然而五老爹如何有这样大的力量呢？于是只好杂在猪声猪臭之中归去。船泊在东门外，那里是一长排的无穷尽的船只停泊着，船桅参参差差的高耸天空，也数不清是多少。五老爹认了半天，才认出原定的船来，叫伙计帮着拿行李上船，抱孩子，扶女人上船。伙计道："船要明早才开。"五老爹自己立在船头对我说道："你不要上船了，跳板不好走，回去吧。我一到家就有信来。"又对老家人说："来顺，你好好的送孙少爷回去，太阳底下不要多站了。"来顺说:"五老爹叫你回去,你回去吧。"我心里很难过,没情没绪地跟了来顺走。走了几十步,回头望时,五老爹还站在船头遥望着我的背影。

啊,与我童年时代有那么密切的系连的五老爹是辞别归去了。

十年后,我在北京念书,住在三叔家里。每天早晨去上学,下午课毕回家。有一天,天气很冷,黑云低压的悬在空中,似有雪意。枯树枝萧萧作响,几片未落尽的黄叶纷纷扬扬的飞坠地上。我匆匆忙忙地赶回家。一进门,看见有一担行李,放在门房口,便问看门的李升道:"是谁来了?"李升道:"一个不认识的老头子,刚由南边来的,好像是老爷的亲戚。"

我把书包放在自己房里,脱了大衣,便到上房。一掀开门帘,便使我怔住!和三叔坐着谈的却是五老爹,十年未见的五老爹!他的神情体态宛然是十年前的五老爹,长长的身材,长长而不十分尖瘦的脸,污黄的白布袜,青缎的厚底鞋,慈惠而平正的双眼,柔和的微笑,一点也没有变动,只是背脊是更弓弯了些。他见了我也一怔,随笑着问道:"是一官么?十年不见,成了大人了,样子全变了,要是在路上撞见,我真要不认识了呢。只是鼻子眼睛还是那样的。"

屋里旺旺地烧着一大盆火,五老爹还只是说:"北京真冷呀!冷呀!"三叔道:"五老爹的衣裳太薄了,要换厚的,棉鞋棉袜也一定要去买,这样走出去,要生冻疮的。"

五老爹还是那样的健谈。在晚上的灯光底下,他说起,在家里是如何的生活艰难,万不能再不出来谋生,而谋生却只有北京的一条路。他说起,他的动身前筹备旅费是如何的辛苦,东乞求,西借贷,方才借到了几十块钱。他又说起,一路上是如何的困苦难走,北边话又不会说,所遇到的脚夫、车夫、旅馆接客,是如何的刁恶,如何的善于欺压生客。由晚饭后直说到将近午夜,还不肯停止。还是三叔说道:"五老爹路上辛苦,不早了,先去睡吧。李升已把床铺理好了。"五老爹走到房门边,把门一推,一阵冷风,卷了进来,他打了一个寒噤,连忙缩了回去,说道:"好冷,好冷!"三叔道:"五老爹房里煤炉也生好了。睡时千万要当心,窗户不要闭得密密的。煤毒常要熏坏了人。"五老爹道:"晓得的。"三叔又给他一条厚围巾把他脖子重重围了,他方才敢走出天井,走到房里。

他的房间在我的对面，也是边房，本来是做客厅的，临时改做了他的卧房。第二天，他起床时，太阳已辉煌的照着。天井里，屋瓦上，枣树上，阶沿上，是一片的白色。太阳照在雪上，反映出白光，觉得天井里格外的明亮。他开了门，便叫道："啊，啊，好大的雪！"

这一天，他又和三叔谈着找事的问题。三叔微微地蹙着双眉，答道："近来北京找事的人真多，非有大力量，大靠山，真不容易有事。二舅在这里近两年了，要找一个二三十块钱一月的录事差事，也还找不到呢。"

五老爹默默的不言。他在北京直住到半年，住到北京的残雪已消融完尽，北河沿和东交民巷边界的垂杨，已由金黄的丝缕而变成粗枝大叶，白杨花如雪片似的在空中乱舞时，他方才觉得希望尽绝，不得不收拾行李回家。在漫长的冬天里他只是缩颈的躲在火炉边坐着。太阳辉煌地照着，而且一点风也没有，这时，他才敢拖了一把椅子坐在阶沿晒太阳。天色一阴暗，一有风，他便连忙躲进屋来，一岁也不敢离开火炉边。刚开了门，一阵冷风便虎虎的卷了进来，他打了一个寒噤，叫道："好冷，好冷！"又连忙缩回火炉边去。

一到了晚上，他更非把炎炎旺旺的白炉子端放在他房里不可。三叔再三的吩咐他，把房子烘暖后，炉子便要端出门外去；要放炉子在房里，窗户便要开一扇。煤气是很厉害的；一冬总要熏死不少人。他似听非听的，每夜总是端了烧得炎炎旺旺的白炉子进屋，不再放它出门，窗户总是闭得严严密密的。好几天不曾出过什么毛病。

有一夜，我在半夜中醒来，仿佛有什么东西在呻吟，那重浊而宏大的呻吟声，不似人类发的，似是马或骆驼的呻吟，或更似建幕于非洲绝漠上时所闻的狮子的低吼。我惊了一跳，连忙凝神的静听，清清楚楚的，一声声都听得见，这声音似从对房发出的。我穿了衣，披了大氅，开了门出去，叫了几声："五老爹，怎样了？怎样了？有病么？"他一声都不答。我推了推门，是闩着的，便去推他的窗子。窗子还没有关闭着，我把窗一推，一股恶浊的煤气由房里直冲出来，几乎使我晕倒。这时，三叔也闻声起来了。我们由窗中爬进，把门开了，房里是烟雾弥漫的。五老爹不省人事的躺在床上呻吟着。合家忙碌碌的救治他，把他抬到天井里使他呼着清新的空气，李升又去盛了一大碗酸菜汤来，说是治煤毒最好的东西，用竹筷掘开他的牙齿，把酸菜汤灌了进去。良久，他才叹了一口气而复活了，叫道："好难过呀！"

足足的静养了五天，他才完全复原。自此，他乃浩然有归意。挨过了严冬，到了白杨花如雪片似的在空中乱舞时，他便真的归去了。送他上东车站的是三叔和我。行李还是轻飘飘的来时的那几件，只多了身上的一件厚棉袍，足上的棉鞋、棉袜。

五年后，在故乡，我们又遇见了几次，是最后的几次。他一听见我回来了，便连忙赶来看我。还宛然是五年前的五老爹，十五年前的五老爹，三十年前的五老爹，神情体态都一点也不变，只是背脊更弓弯了些。

他依然是健谈，依然是刺刺不休的诉说他的贫况，依然是微笑着。但身上穿的却是十五年前的衣服，而非厚的棉衣，足上穿的却是十五年前的污黄的布袜，青缎的厚底鞋，而非棉袜棉鞋。他叹道："穷得连衣服都当光了。有几个亲戚每月靠贴一点，但够什么！"

第三天，二舅母来时，她说，五老爹托她来说，如果宽裕，可以资助他一点。我实在不宽裕，但我不能不资助五老爹。三十年来，他是第一次向我求资助。

我带了不多的钱，到他家里去拜望他。前面是一间木器店，他住在后进，只有两间房子，都小得只够放下床和桌子。他请我在床上坐，一会儿叫泡茶，一会儿叫买点心，殷勤得使我不敢久坐。我把钱交给了他，说道："这次实在带得不多，请五老爹原谅。以后如有需要时，请写信向我要好了。"他微笑的谢了又谢。

第二天早晨，他又跑来了，说道："我还没替你接风呢。今午到我家里吃饭好么？"我刚要设辞推托，不忍花他的钱，他似已知道我的意思，连忙道："你不厌弃你五老爹的东西么？五老爹在你少时也曾买糖人糖果请你，你还记得么？菜都已预备了，一定要来的。不来，你五老爹要怪你的。"我再也不能说得出推辞的话，只好说道："何必要五老爹多破钞呢！"

这一顿午饭，至少破费了我给他的三分之一的钱。他说："听说你喜欢吃家乡的鲍鱼海味，这是特别赶早起去买来的，你吃吃看。"又说道："这鸡是你五老爹亲自炖的，你吃吃看，味儿好不好？"我带着说不出的酸苦的情绪，吃他这一顿饭，我实在尝不出那一碗一碗的丰美的菜的味儿。

我回到上海后，五老爹曾有一封信来过，说道，这二三月内，还勉强可以敷衍，希望端午节时能替他寄些款去，多少不拘。然而端午节还没有到，而五老爹已成了古人了。我寄回去的却是奠仪而不是资助啊，我不忍思索这些过去的凄婉！

1927 年 8 月 7 日在巴黎

王榆（一）

　　那年端午节将近，天气渐渐热了。李妈已买了箬叶、糯米回来，分别浸在凉水里，预备裹粽子。母亲忙着做香袋，预备分给孩子们挂，零零碎碎的红缎黄绫和一束一束绿色、紫色、白色、红色、橙色的丝线，夹满一本臃肿的花样簿子。有一种将近欢宴的气象悬萦在家庭里，悬萦在每个人的心上。父亲忙着筹款，预备还米铺、南货铺、酒馆、裁缝铺的账。正在这时，邮差递进了一封信，一封古式的红签条的信，信封上写着不大工整的字，下款写着"丽水王寄"。母亲一看，便道："这又是王榆来拜节的信。"抽出一张红红的纸，上面写着：

恭贺：

　　太太、大少爷、大少奶、诸位孙少爷、孙小姐
　　节禧

　　　　　　　　　　　　　　　　　　　晚王榆顿首

　　每到一个季节，这样的一封信必定由邮差手中递到，不过在年底来的贺笺上，把"节禧"两个字换成了"年禧"而已。除了王榆他自己住在我们家里外，这样的一封信，简简单单的几个吉利的贺语，往往引起父亲母亲怀旧的思念。祖母也往往道："王榆还记念着我们。不知他近况好不好？"母亲道："他的信由丽水发的，想还在那边的厘卡上吧。"

　　自从祖父故后，我们家里的旧用人，散的散了，走的走了，各自顾着自己的前途。不听见三叔、二叔或父亲有了好差事，或亲戚们放了好缺份，他们是不来走动的。间或有来拜拜新年，请请安的，只打了一个千，说了几句套话，便走了。只有王榆始终如一。他没有事便住在我们这里，替我们管管门，买买菜。他也会一手很好的烹饪，便当了临时的厨房，分去母亲不少的劳苦。他有事了，有旧东家写信来叫他去了，他便收拾行李告辞，然而每年至少有三封拜年拜节的贺片由邮差送到，不像别的用人，一去便如鸿鹄，一点消息也没有。

　　我不该说王榆是"用人"。他的地位很奇特，介乎"用人"和亲密的朋友之间。除了对于祖父外，他对谁都不承认自己是用人。所以他的贺片上不像别的用人偶然投来的贺片一样，写"沐恩王榆九叩首拜贺"，只是素朴地写着"晚王榆顿首"。然而在事实上他却是一个用人，他称呼着太太，少爷，少奶，孙少爷，孙小姐，而我们也只叫他王榆。他在我家时，做的也都是用人或厨子的事。他住在下房，他和别的用人们一块儿吃饭。他到上房来时，总垂手而立，不敢坐下。

　　他最爱的是酒，终日酒气醺醺的，清秀瘦削的脸上红红的蒸腾着热气，呼吸是急促的，一开口便有一种酒糟味儿扑鼻而来。每次去买菜蔬，他总要给自己带回一瓶花雕。饭不吃，可以的，衣服不穿，也可以的，要是禁止他一顿饭不喝酒，那便如禁止了他生活下去。他虽和别的用人一块儿吃饭，却有几色私房的酒菜，慢慢地用箸挟着下酒。因为这样，别人的饭早已吃完了，而他还在浅斟低酌，尽量享受他酒国的乐趣，直到粗作的老妈子去等洗碗等得不耐烦了，在他身边慢慢地说："要洗碗了，喝完了没有？洗完碗还有一大堆衣裳等着洗。今天早晨，太太的帐子又换了下来。下半天还有不少的事做呢。"

　　他便很不高兴的叱道："你洗，你洗好了！急什么！"他的红红的脸，带着红红的一对眼睛，红红的两个耳朵，显着强烈的愤怒。又借端在厨房里悻悻的独骂着，也没人敢和他顶嘴，而他骂的也不是专指一人。母亲听见了，便道："王榆又在发酒疯了。"但并不去禁止他，也从来不因此说他。大家都知道他的脾气，酒疯一发完，便好好的。

　　他虽饮酒使气，在厨房里骂着，可是一到了上房，尽管酒气醺醺，总还是垂手而立，诺诺连声，从不曾开口顶撞过上头的人，就连小孩子他也从不曾背后骂过。

偶然有新来的用人，看不惯他的傲慢使气的样子，不免要抵触他几句，他便大发牢骚道：

"你要晓得我不是做用人的人，我也曾做过师爷，做过卡长，我挣过好几十块钱一个月。我在这里是帮忙的，不像你们！你们这些贪吃懒做的东西！"

真的，他做过师爷，做过卡长，挣过好几十块钱一个月，他并不曾说谎。他的父亲当过小官僚。他也读过几年书，认识一点字。他父亲死后，便到我的祖父这里来，做一个小小的司事。他的家眷也带来住在我们的门口。他有母亲，有妻，有两个女儿。在我们家里，我们看他送了他的第二个女儿和妻的死。他心境便一天天的不佳，一天天的爱喝酒，而他的地位也一天天的低落。他会自己烧菜，而且烧得很好。反正没事，便自动跑到我们厨房里来帮忙，渐渐就成为一个"上流的厨子"，也可谓"爱美的厨子"。祖父也就非吃他烧的菜不可。到了祖父有好差事时，他便又舍厨子而司事，而卡长了。祖父故后，他也带了大女儿回乡。我们再见他时便是一个光身的人，爱喝酒，爱使气。他常住在我们家里，由爱美的厨子而为职业的厨子，还兼着看门。

他常常带我出门，用他浅浅的收入，买了不少花生米、薄荷糖之类，使我的大衣袋鼓了起来。但他见我在泥地里玩，和街上的"小浪子""擂钱"，或在石阶沿跳上跳下，或动手打小丫头，便正颜厉色的干涉道："孙少爷不要这样，衣服弄龌龊了，""孙少爷不要跟他们做这下流事，""孙少爷不要这样跳，要跌破了头的，"或"孙少爷不要打她，她也是好好人家的子女！"我横被干涉，横被打断兴趣，往往厉声的回报他道："不要你管！"

他和声的说道："好，好，同去问你祖母看，我该不该说你？"他的手便来牵我的手，我连忙飞奔的自动的跳进了屋。所以我幼时最怕他的干涉。往往正在"擂钱"擂得高兴时，一眼见他远远的走来，便抛下钱，很快的跑进大门去，免得被他见了说话。

全家的人都看重他，不当他是用人，连父亲和叔叔们也都和颜的对他说话，从不曾有过一次的变色的训斥，或用什么重话责骂他，——也许连轻话也不曾说过——他是一个很有身份的用人（？），但我这个称谓是不对的，所以底下又加了一个疑问号，不过我实在想不出什么别的恰当的语句来称他，他的地位是这样的奇特。……

我第一次到上海来，预备转赴北京入大学。这时，王榆正在上海电报局里当一个小司事，一月也有三四十元。他知道我经过上海，便跑来看我，殷勤的邀我到酒楼里喝酒去。我生平第一次踏到这样的酒楼。楼下柜台上满放着一盆一盆的熏炙的鸡、鸭、肝、肠，墙边满排着一瓮一瓮的绍兴酒。楼梯边空处是几张方桌子，几个人正在喝着酒，桌上只有几小碟的冷菜。王榆领我一直上楼，倚着靠窗一张方桌坐下。他自己又下楼去，说道："就来的，就来的，请坐一坐。"窗外是一条一条的电线，时时动荡着，嘶嘶的声音，由远而近，连支线的铁柱上也似有嗡嗡的声响，接着便是一辆电车驶过了。车过后，电线动荡得更厉害，这条线的动荡还未停止，而那边的电线上又有嘶嘶的声响了。车过后，远远的电线上还不时发出灿烂的火光。我的幻想差不多随电线而动荡着。而王榆已双手捧了几包报纸包着的东西上楼来。解开了报纸，里面是白鸡、烧鸭、熏脑子之类，正是楼下柜台陈列着的东西。他道："自己下去买，比叫他们去买便宜得多了。"我们喝着酒，谈着，他的话还是带有教训的气味，如当我孩提时对我说的一样。我有点不大高兴，勉强敷衍着。他喝了酒，话更多，红红的一张清秀瘦削的脸，红红的细筋显现在眼白上，而耳朵也连根都红了，嘴里是酒气喷人。我直待他酒喝够了，才立起来说："谢谢了，要回去了。"他连忙拦阻着道："还有面呢。"一面又叫道："伙计，伙计，面快来！"

我由北京回到上海时，他已先一年离开了。听人家说，电报局长换了人，他也连带的走了，住在那个旧局长家里——他也是他的旧东家——充当厨子。但常常喝酒，发脾气，太太很不高兴他，因此他便走了，不知到什么地方去。这一年的年底，我接到一封古式的红签条的信。像这样的信封，我是许多年不曾见到了。从熟悉的不大工整的字体上，我知道这是王榆的拜年信。这一次他只写道："恭贺大少奶，孙少爷，孙小姐年禧，"因为只有我母亲和妹妹和我同住在上海。贺笺之外，还有一张八行笺，还有两张当票。他信上说，他现在吉林，前次在上海时，曾当了几件衣服，不赎很可惜，所以，把当票寄来，请我代赎。我正在忙的时候，把这信往抽屉里一塞。过了十几天不曾想起，还是母亲道："王榆的当票，你怎么还不替他去取赎呢？"我到抽屉里找时，再也找不到这封信和这两张当票。我想，大约已经满期了吧。他信上说，快要满期了，一定要立刻去取。我很难过不曾替他办好这一事。然而，到了第二年，他又写信来拜节了，却没有提起赎当的事。我见了这"恭贺少奶孙少爷节禧"的贺笺，便觉得曾做了一件负心的事，一件不及补救的负心的事。

在我结婚之前，合家已迁居到上海来，祖母也来了。王榆这时正由吉林到上海，祖母便也留着他帮忙。在家里，在礼堂里，他忙了好几天。到结婚的那一天，人人都到礼堂去，没有肯在家里留守的，只有他却自告奋勇的说道："我在家里好了，你们都去。"这使我们很安心，他是比别人更可靠，更忠心于所事的。这一天他整天的不出门，酒也喝得少些。我们应酬了客人，累了一天后，在午夜方才回家。而他已把大门大开着，大厅上点了明亮亮的一对大红烛，帮忙的人也有几个已先时回来，都在等候着。一见汽车进了弄口，他便指挥众人点着鞭炮，在劈劈拍拍的响声中，迎接我们归来，迎接新娘子的第一次到家。他见我的妻和我只在祖先神座前鞠躬了几下，似乎不大高兴，可是也不敢说什么。

他在这里，暂时屈就了厨子的职务。在他未来之前，我家里先已有了两个用人。这两个用人见他那么傲慢而古板的样子，都不大高兴。他还是照常的喝着酒，从从容容的一筷一筷挟着他私有的下酒的菜，慢慢的喝着。喝了话，脸色红红的，眼睛红红的，耳朵连头颈都红红的，而一日的酒糟气，就在三尺外的人都闻得到。且还依旧借端发脾气，悻悻的骂这个，骂那个，还指挥着这个，那个，做这事，做那事，做得不如意，便又悻悻的骂着，比上人更严厉。为了他这样，那两个原来的用人也不知和他吵过几回嘴，上来向母亲控诉过几多次。母亲只是说道："他是老太爷的旧人，你们让他他，一会儿就会好好的。"他们见母亲这样的纵容他，更觉不服，便上来向我的妻控诉着。有好几次，他们私自对我的妻说："王榆厨子真好舒服！他把好菜留给自己下酒，却把坏的东西给主子吃。昨天，中饭买了一条黄鱼，他把最好的中段切下来自己清炖了吃，鱼头和鱼尾却做了主子的饭菜。哪有这样的厨子！"第二天，他们又来报告道："昨天中饭，他又把咸蟹的红膏留下自己吃了，蟹壳和蟹肉却做了饭菜。"如此的，不止报告了十几次。我的妻留心考察饭菜，便真的发现黄鱼是没有中段的，咸蟹的红膏只寥寥可数的几小块放在盘子里。她把这事对我说了，也很不以为然。我说道："随他去好了，他是祖父的旧人。"

"是旧人，难道便可以如此舒服不成！"妻很生气地说着。我默默的不说什么。

过了一二月，帮忙的老家人都散去了，只有王榆，祖母还留他在厨房里帮忙，然而口舌一天天的多了；甚至，底下人上来向妻说他是这般那般的对少奶奶不恭敬，听说什么菜是少奶奶要买的，他便道："我不会买这菜，"连少奶奶天天吃的鸡子，他也不肯去买。这样的话，使妻更不高兴。

有一次，他领了五块钱去买菜，菜也没买，便回来在厨房里咕噜的骂人，说是中途把钱失落了。几个底下人说："一定是假装的，是他自己用去了，还了酒账了。"但妻见他窘急得可怜，又补了五块钱给他。他连谢也不说一声，还是长着脸提了菜篮出门。这又使妻很生气。

妻见我回家，便愤愤的又把这事告诉了我。我慰道："他是旧人，很忠心的，一定不会说假话。"妻道："是旧人，是旧人，总是这样说。既然他如此忠心，不如把家务都交给他管好了！"

我知道这样的情势，一定不能更长久的维持下去，而王榆他自己也常想告辞，说工钱实在不够用，并且也受不了那么多的闲气。然而他到哪里去好呢？这样的古板的人物，古怪的脾气，这样的使酒谩骂的习惯，非相知有素的人家，又谁能容得他呢？我为了这事踌躇了好几天。后来，和几个朋友商定，叫他到一个与我们有关系的俱乐部里去当听差，事务很闲空，而且工钱也比较的多。他去了，还是一天天的喝酒，喝得脸红红的，眼睛红红的，耳朵连头颈都红红的，一开口便酒气喷人。他自己烧饭烧菜吃，很舒适，很舒适的独酌着；无论喝到什么时候都没人去管他。然而，他只是孤寂的一个人，连脾气也无从发，又没有一个人可以给他骂，给他指挥，而且浅浅的工资，又实在不够他买酒买菜吃。他常常到我家里来，向我诉说工钱太少，不够用。又说，闲人太多，进进出出，一天到晚开门关门实在忙不了。我嘴里不便说什么，心里却有些不以他为然。

然而他虽穷困，却还时时烧了一钵或一磁缸祖母爱吃的菜蔬，送了来孝敬给"太太"吃。祖母也常拿钱叫他买东西，叫他烧好了送来。"外江"厨子烧的菜，她老人家实在吃不惯。

王榆（二）

　　有一次，俱乐部里住着一个和我们很要好的朋友。他新从天津来，没地方住，我们便请他住到俱乐部一间空房里去。于是王榆每天多了倒脸水、泡茶、买香烟等等的杂事，门也要多开好几次，多关好几次。他又跑来对我诉说，他是专管看门的，看门有疏忽，是他的责任，别的事实在不能管。我说道："他不过住几天便走的，暂时请你帮忙帮忙吧。"而心里实在不以他为然。

　　有一天清晨，他如有重大事故似的跑来悄悄的对我说："你的那位朋友，昨夜一夜没回来。今天一回来，便和衣倒在床上睡了，不知他干的什么事。我看他的样子不大对，要小心他。"又说道："等了一夜的门，等到天亮，这事我实在不能干下去。"我只劝慰他道："不过几天的工夫，你且忍耐些。他大约晚上有应酬，或是打牌，你不必去理会他的事。"而心里更不以他的多管闲事、爱批评人的态度为然。

　　过了几天，他又如有重大事故似的跑来悄悄的对我说："你的朋友大约不是一个好人。他一定赌得很厉害，昨夜又没有回来。今天一回来，便用白布包袱，包了一大堆的衣服拿出门，大约是上当铺去的。这样的朋友，你要少和他来往。"我默默的不说什么，而心里更不以他为然。我相信这位朋友，相信他决不会如此，我很不高兴王榆这样的胡乱猜想，胡乱下批评，且这样的看不起他。

　　过了几天，在清早，他更着急的又跑来找我，怀着重大秘密要告诉我似的。我们立在阶沿，太阳和煦的把树影子投照在我们的身上。他悄悄的说道：

"我打听得千真万确了，他实在是去赌的。前天出去了，竟两天两夜不曾回来。这样的人你千万不要再和他来往，也千万不要再借钱给他，他是拿钱去赌的。"我再也忍不住了。我相信这位朋友绝不会如此，我不愿意这位朋友被他侮辱到这个地步。我气愤愤的一脚把阶沿陈设着的两盆花，猛力踢下天井去，砰的一声，两个绿色的花盆都碎成片片了。同时厉声地说道："要你管他的事做什么！"他一声不响的转身走出大门，非常之怏怏的。

我望着他的背影，心里后悔不迭。他不曾从祖父那里受到过这样厉声的训斥，不曾从父亲那里受到过这样厉声的训斥，不曾从叔叔们那里受到过这样厉声的训斥，如今却从我这里受到！我当时真是后悔，真是不安，——至今一想起还是不安——很想立刻追去向他告罪，但自尊心把我的脚步留住了。我怅然的望着他的背影消失在大门外。我想他心里一定是十分的难过的。他殷殷的三番两次跑来告诉我，完全是为了同我关切之故，而我却给他以这样大的侮辱，这侮辱他从不曾受之于祖父、父亲、二叔、三叔或别的旧东家的。唉，这不可追补的遗憾！我愿他能宽恕了我，我愿向他告一个、十个、百个的罪。也许他早已忘记了这事，然而我永不能忘记。

又过了几天，好几个朋友才纷纷的来告诉我：这位朋友是如何如何的沉溺于赌博，甚至一夜输了好几千元，被人迫得要去投江。凡能借到钱的地方，他都设法去借过了，有的几百，有的几十。他们要我去劝劝他。王榆的话证实了，他的猜疑一点也不曾错。他可以说是许多友人中最先发现这位朋友的狂赌的。王榆的话证实了，而我的心里更是不安，我几乎不敢再见到他。我斥责自己这样的不聪明，这样的不相信如此忠恳而亲切的老人家的话！

然而，他还在俱乐部看着门，并不因此一怒而去。大约他并不把这个厉声的斥责看得太严重了吧。这使我略觉宽心。但隔了两个月，他终于留不住了，自己告退了回去。促他告退的直接原因是：俱乐部来来往往的人太多，有一天，他出去买菜，由里边出外的人，开了门不曾关好，因此，一个小偷掩了进来，把他的一箱衣服都偷走了。他说道："这样的地方不能再住下去了！"于是，在悻悻的独自骂了几天之后，才用墨笔画了一个四不像的人体，颈上锁着铁链，上面写道："偷我衣服的贼骨头"，把它用钉钉在墙上。几天之后，他便向我和几位朋友说，要回家了，请另外找一个看门的人。我道："回家还不是没事做，何妨多留几个月，等有好差事了再走不晚。"他道："这里不能再住了，工钱又少，又辛苦，且偷了那么多的东西去，实在不能再住了，再住下去，一定还要失东西，回去先住在女儿家里，且顺便看看母亲，有好几年不见她了。住在那里等机会也是一样的。"

我们很不安，凑了一点钱，偿补他失去衣物的损失。他收了钱，只淡淡的说了声谢谢。

此后每逢一个年节，他还是寄那红红的贺笺来，不过贺笺上，在恭贺"太太，大少奶，孙少爷"之下，又加添上了一个"孙少奶"的称谓。从去年起，他的贺笺的信封上，写的是"水亭分卡王寄"，显然的他又有了很好的差事，又做了卡长了。

1927 年 8 月 8 日在巴黎

三姑与三姑丈（一）

　　在我所见所知的亲属里，没有一位的运命与境遇比之三姑燕娟和三姑丈和修更为恶劣艰苦的了。我的亲属，有好些是壮年便死去，留下寡妇孤儿，苦苦的度着如年的日子。有好些是一无本领的人，一生靠着亲戚吃饭，受尽了闲气闲话。更有的是遭了叠次的失败之后，到晚年又盲了目，受着媳妇的气。更有的是正在享老福时，他的唯一的依靠着的儿子却死了。更有的是辛苦勤俭了一生，积着些许的钱，却为桀骜不驯的儿子耗尽，使他在孤寂的老年，不得不东家借，西家求，叫化子似的度着日子。然而他们的苦是说得出的，数得尽的。说不出，数不尽的，只有三姑燕娟和三姑丈和修所受的苦了。在我童年时，已见他们落在艰难穷困的陷阱中了。二十年后，他们还是在这坚不可破的艰难穷困的陷阱中挣扎着。我不知他们怎样地度过这样悠久的二十年的时光。

　　祖母在二十年前便说道："想不到和修这样的一个忠厚的人，会落到这样的苦境里！"在二十年后，她还是这样慨叹的说道："想不到和修这样的一个忠厚的人，会落到这样的苦境里！"尤其当她见了周家的夺了他产业的两个兄弟，如今还是兴兴旺旺的，舒舒服服的过着他们的生活，而且家境还一天一天的好，而忠厚的他却还在艰难穷困的陷阱里挣扎着时，便不禁兴起"天道无知"的感慨。

　　祖母生了三个女儿。大姑母嫁给邓家，她的丈夫在马尾海军军官学校毕业的，和他的一个兄弟同在一个军舰上服务。甲午中日战争时，他们兄弟二人一同战死。大姑母悲悲切切的过了几年，便也死了。我从来没有见过她，只偶从祖母口中知道有这样一位姑母罢了。祖母每见亲戚中很显赫的当着海军的将校，或在与海军有关的机关里，每月领受千薪，很阔绰而安闲的生活的人，便说道："你大姑丈要不死，如今要比他们更阔了。"二姑母嫁给曾家。她的丈夫是一位能干的少爷，他父亲远迢迢地做着云南大理府知府。故乡的家事，都由他一手经管。我还记得，当我少时，他常常到我们家里来，一个瘦瘦身材的人，似乎阅历很深的样子。他父亲死在任上，他远迢迢的和几位兄弟一同迎柩回乡。他家里颇有些产业，兄弟们又善于守成。有一所很大的住宅，自己三房住不了，还租了一半给别人。又有许多田，每年的收成，除了自己吃的以外，还可以粜给米店，此外，还有些现款，存在钱庄或靠得住的商店里生息。他过了几年，也死了。留下二姑母和她的三个孩子。然而衣食可以无忧，生活也很舒服。她家里至今还有许多大理石。前年，我回故当时，二姑母送我许多块大理石，够做两条长屏。自从我们自己的房宅为二叔卖去后，我们回乡没有地方可住，往往就住在二姑母家里，她那里空房多。祖母每次回乡时，也住在她那里。她也善于保存，至今还可以衣食无忧，而孩子们又都长大了，都受了大学的教育，可以挣钱了。

　　三姑母嫁给周家，她的丈夫便是忠厚无能的三姑丈和修。当三姑母初嫁时，他家里很阔。有三个当铺，四五个米店，十几顷田地，在三个姑母中，要算她是最有钱的，三姑丈做着小老板，也不赌，也不嫖，终日笑嘻嘻的坐在家里或店里，蒲卢蒲卢的捧了一把水烟袋吸着。他身体很强壮，圆圆而黑的脸，活现忠厚无能的神气。他说话的声音重浊而凝涩，往往讷讷的说不出口来，见了生客便脸红。他也曾读了几年书，然而资质很坏，不久便放弃了。所以他后来连一封信也不会写。祖母颇嫌他无用。但大家都以为像他这样的人，像他这样的家产，一定是一辈子坐吃不完的。他自己虽无能，却也不至于耗败已有的产业。

　　然而人事的变迁谁能预料呢？他的丰富的家产，不败于浪费，不败于嫖赌，却另有第三条大路，把他的所有，都瓦解冰消，以至于单剩下光光的几口要吃饭要用钱的人。

　　自他父亲亡故，他的两个哥哥便和他争产，欺侮他忠厚无能，把坏的东西给他，自己取了好的，把少数的资产给他，自己取了多数。有一个叔叔看得不平，出来说几句公道话，然而那两个哥哥简直不理会他。三姑觉得很气愤，天天不平，天天当他的面骂他无用，不会争。而那个叔叔也激动他到县衙里去告状。他只是默默无言的，一点主张也没有。他怕进衙门，他怕多事，他怕诉讼、告禀，他怕见官。然而他的一星愤火终于为三姑和几个亲戚鼓动了。他讷讷的请教了几个讼师，上禀到县衙里去。一切事都由他那位叔叔和讼师们主持着，他自己是一点意见也没有，一切听任他们的排布。到了两造同在县官面前对质时，他的两个哥哥都振振有词，虽然自己取了好的，还说取的是坏的，虽然自己取了多数，还说取的是少数。三姑丈却讷讷的，战兢兢的，一句话也说不出。县官问了他好几句，他只颤声的简单的回答一句半句。像这样的官司，大家知道他一定是要输的。然而讼师们主张用贿赂，于是送了许多钱给县官，送了许多给幕客，给胥吏。结果，总算没有失败，然而得到的只是"由族长偕房长尊亲凭公调解"一句批语。族长房长尊亲，关于这件事，调解过不止一次了。那两个哥哥当着他们的面，又会说，又会装腔，背后又会送点小礼物给他们。这些地方，三姑丈一点都不会。于是，尊亲族长虽明知他的理直，却不高兴为他而争；虽明知他的两个哥哥理亏，却不愿意叫他们吐出强夺了去的资产。每次的调解总是没有结局的散了。而他的两个哥哥仍占着多数好的资产，他仍只占坏的少数的东西。这一次，县官虽批着要旅长房长尊亲凭公调解，结局还不是和从前一样么？而族长房长尊亲更可以借口"调解不下"，仍把这个原案交还了县里去，求太爷去发放。于是，又审问了，三姑丈又要花了一笔大款子送给县官，送给幕客和胥吏，而几个讼师也吃着他的，用着他的，另外还得了不少的酬报。祖父知道了这个消息，曾写了好几封信，再三地劝诫他不要再打官司了。宁可吃些亏，不可再争讼。然而，事已至此，他已骑上马背，为几个讼师把持着，且已用了许多钱，要休讼也是不能由他自主的了。一天天的，一年年地拖延下去，他已把分得的一大半资产耗费在争讼上头了。他终日皱着眉，心里摇摇无主的，一点方法也想不出。他又想休讼，心里又不服他哥哥们的强夺。三姑时时指着他当众人之前骂他无用。他用笨重的语声艰涩的答道："那么，由你出头去办好了。"

三姑道："亏得你是一个男子汉！要是没有你在，我自然可以出头去办了。谁都不像你这么无用，没本领！"

他又是默默无言的，圆圆面黑的脸上，罩上了一层薄薄的愁云。

他真的，每次得到祖父的去信后，总决心的想从此休讼，保存着那剩下的些少产业。然而，等到和讼师们一商量，又受他们极力的鼓动，教他不要从此息手。他如要从此息手，他们的这一大笔收入便将绝源了！

他们道："事情已到了这个地步，且已用了这许多钱，如果中途而废，岂不前功尽弃。且现在准有可得胜诉的机会。前天县里丁大爷来说过了，只要五六千，太爷便可答应了。等到你赢了官司，大房子、大当铺，都是你的了，何怕耗费这些少的钱。"

他又被他们说得疑迟了，踌躇了，他又把他的决心抛到大海洋中去了。他这样的疑迟着，踌躇着，因循着，一天天地过去，一年年地过去；他的资产就一天天的，一年年的少了，少了。得利的是县里的太爷、师爷、胥吏，得利的是讼师们、帮闲的人们。他分到的一个小当铺，已经盘给别人去开张了；乡下的几十亩田地也已卖去了，都是为了这个无休止的不由自主的诉讼。但他还有一个米店在着，每年的收入还很可观。有了这个米店，使亲戚们对于他还显得亲热。因为亲戚们每逢要赊米时，总是要到他那里去的。到了年底、节底，他又不好意思说硬话向他们索账，又不会说软话向他们求清账。几年来，不知给亲戚们拖欠了多少的米账。三姑每当他回家时，便告诉他道：

"刚才店里阿二又来说了，五表舅那里又来要了一担米去。他去年的账还一个钱没有还呢，你怎么又赊给他？"

三姑丈又只是默默无言地对着她，圆圆而黑的脸沉闷着，浓浓的双眉微蹙着，表示出他的无可奈何，无可诉说的微愁。他当了五表舅——以及一切其他亲戚——的面，米店里现堆着一袋一袋的米，一桶一桶的米，怎么还好说不赊呢，更怎么说得出要五表舅还清前账的话呢。而且五表舅近来家境的穷困，他是知道的。

米店的伙计们，上自经理，下至学徒，都知道他们的店主人是懦弱的，忠厚无能的，不会计算的，于是一个个的明欠暗偷起来。表面上这店还是显显赫赫的五大开间的门面，米粮堆积如山，而实际上已经是"外强中干"了。他哪里知道这些事。三姑虽比他精明些，然而店里的事，她又怎么管得到，她又怎么会知道。

于是，有一夜，更坏的事发生了。米店的经理把店里所有的现款，预备下乡买米的，以及亲戚们存着生息的，一总席卷而去。到了第二天，经理不来店，伙计们还以为他在家有事。到了第三第四天还不来，他们跑到他家里，而他家已搬得无影无踪了。于是他们才知道出了事，才跑去通知三姑丈。三姑丈又是急得一筹莫展，还是一个帮闲的人替他出了一个主意，叫他先去报官。外面的人一听见米店经理卷逃的消息，要账的纷至沓来，要收回存款的纷至沓来，直把三姑丈急得只是跺足。家里哪有许多现款给他们呢？而他们个个都是非要款子不可的，不给便要去告状。而三姑也焦急的脸色都白了，一见他便悻悻的骂，说，都是他无用，才会有这事发生。好好的一个店怎么会托给那样的一个靠不住的王慎斋去经理；她早已说过王慎斋的靠不住了，早已嘱咐过要他自己去看看账，且要把现钱多取些回家了，他总是不听。如今，居然发生了这事，看他一家将来怎么过活，她诉说着，战抖抖的焦急的诉说着，双牙咬紧着，恨不得把他吞了下去。他只是默默无言的对着她，圆圆而黑的脸上，罩上了一层愁云，双眉紧紧的蹙着。她焦急得无法可想，和衣躺在床上，悲切的大哭起来。他还是默默的站在房里。他们两个孩子，听见他们母亲的哭声，由外面跑进房里，惊惶的呆呆的立在床边。老妈子连忙进来，一手一个，把他们牵了出去，低低的说道："你妈妈生气呢，到外边玩玩去，不要给她打了。"

到了这个地步，最不能想法子的人也迫得你不得不想法子了。于是三姑丈一边托人去告诉债主，说，款子是一定还的，请等几天，等欠账收齐了便送上。如果收不齐欠账，卖了房子也是要还的。一边便四处奔走的去讨欠账，或托人，或老了脸皮自己去。然而欠人的账是急如星火的，个个人都是非还不可的。三姨太的款子，是她下半世的养老金，万不能不还的；二奶奶是一个寡妇，那一笔钱还是她丈夫死时，几个亲戚为她捐集起来的，这种可怜的款子，更能不还么？还有，好几个大户，是很有势力的，好几家商店，是很凶恶的，又都不能不一一的归还，不归还便吃官司。至于拖欠他的账的人家呢，一听见他的米店倒账，便如皇恩大赦一样以为从此可以不必清偿了。他托人去，他自己去，去这家，去那家，谁又肯还他这一笔不必还的欠账呢？而他又讷讷的不会说硬话，不会说软话。于是除了几户厚道人家还了他一部分欠账外，就一个钱也收不到。把这笔浅浅的收到的账款去还那笔巨大的欠款，真是杯水车薪，一点也不济事。于是，真的，房子也不能不卖去了，连三姑的珠宝首饰也不能不咬着牙齿，悻悻的骂着的拿出去变卖了。好容易才把债主一一打发完毕，而他自己却已四壁萧然，身外无长物了。于是，他们俩便开始陷落到艰难穷困的陷阱中去，永远脱逃不出。

在这时，你便想再打官司也没有钱可以给你打官司了；讼师们便不再来劝他坚持到底，而这场争产的官司，便如此无声无臭地终止了。

三姑与三姑丈（二）

　　一个忠厚无能的男人，一点本领也没有；一个精明的，负气的，从幼没受过苦的女人；两个从襁褓中便娇养惯了的孩子，突然的由好吃好着，安安逸逸的境遇中一变而穷困万状，典衣质裳而举火，愁米忧柴而度日。他们简直如由这个世界而突然迁入别一个世界，如鱼登陆，如兽入水，如人类至火星上，一切生活的习惯与方法都要从底变换起。这够多么苦恼，悲戚，忧闷！从前住的是三进的大厦，只怕人少寂寞，还招致了好几家近亲同住，不要他们的房租，如今是自己要住到别人边房里去了，那房子只有两小间，小得可怜，只够放下一架床，一张桌子，还要一块钱一个月的房租，不能拖欠。从前吃的是大鱼大肉，还嫌厨子烧得不好，穿的是绸绫绢缎，还要拣选裁缝匠，要他做得新式，如今却连蔬菜也还是勉强吃得到，至于肉腥儿，真要好几天才可见到一点儿。穿的是蓝布粗衣，还不敢时时的换洗，怕洗坏了不能再做。从前是人家天天来见他们，来求他们，仰面而望着他们的颜色，少奶长，舅爷短的，真如灯蛾儿赶着向旺处飞，如今却要他们去仰面而望着别人家的颜色了，却要去求别人家的资助了。他们所见的已不是那些微笑而谄媚的脸孔，而是那些冷板板的如冰如霜的面目了。他们看得几块钱，真如流水似的，如落叶似的，送去了，用去了，一点也不在乎，如今却看得一个小钱如泰山之重，如性命之可宝贵了。

　　谁想得到这一个虽忠厚无能而守成则有余的三姑丈，竟会弄到这样的一个地步，竟会陷落到这样的一个艰难穷困的陷阱中呢？祖母知道了三姑丈米店倒闭的消息时，还不晓得他们竟是如此的一落千丈，如此的无以度日。直到了她回归故乡，见了三姑和三姑丈，三姑向她仔细的哭诉着时，她才完全知道他们的近况。她不禁叹了一口气道："想不到和修这样的一个忠厚的人，会落到这样的苦境里！"而她见三姑鸭蛋形的脸，因愁苦而益显得长而忧郁；向来微黄的气色，因焦急而益觉得黄澄澄的如久病方愈；而她向来多言善语的脾气，如今也变了郁郁寡言；向来爱争强，喜做面子的性情，如今也变而为退后谦让；向来衣绸穿缎，珠围翠绕，如今却一变而为质质朴朴的蓝布粗衣时，更不禁的落下了几滴伤心的怜惜的酸泪。从此以后，她见亲戚中要找女婿的，便劝他们不要只看夫家的家道丰厚，不要只看女婿的忠厚老实，这些都是不足恃的，而忠厚老实更是无用无能的表示。找女婿第一要看他的才干，要看他有没有自立的能力。有能力的便家道清贫些也不要紧。

他们住在故乡，一年两年，实在支持不住了。其初还希望把米店欠账陆续的讨取回来，可以借此度日；然而碰了几次大钉子之后，他们才知道倒店后的欠账，有如已放生于大海中的鱼虾，再也不会物还原主的了，去问他们索还这些欠账，简直比向他们借债还难。他们一个个都板起脸孔来对付三姑丈，粗言粗语的仿佛这些欠账已奉旨免收，再去索取，便等于"大逆不道"似的。他们在希望尽绝之后，在无米少柴之际，三姑虽然傲骨犹存，三姑丈虽然讷讷的不敢向人开口，然而饥饿却迫着他们不得不开口向亲戚们求资助。求资助，这真是一件难如登天的事。谁有多余的钱肯资助穷困的亲戚呢？便是他们自己，在家道还兴旺之时，每见亲戚们讷讷的，踌躇的，又要开口又不敢开口的向他们求资助时，还不是也曾觉得有些憎厌么？还不是嘴里虽不说，而心里却在说道："真讨厌，又来了，哪里有那许多闲钱来给他们"么？

三姑终日焦急着，变得黄瘦得不堪，她没有法子出气，只好一见三姑丈的而便啰啰唆唆的骂着。三姑丈还是那样的一副圆圆而黑的脸，显得浑厚无用的神气，默默的静听着她的尖利的谩骂。有时只是简短的回答道：

"是了，是了，尽骂我，又不会骂出米来，柴来。"

三姑道："不骂你还骂谁！年纪轻轻的，一点事都没本领去做。人家一个个的都会挣钱回来养家；连五舅的笙哥也会挣钱了！四表姊家里，从前是多么穷苦，如今也买起田地来了！只有你没用的东西，一点事都没本领去做！好好的一份家当，反都弄得精光！亏你还有脸在家吃饭！不知我……"

她说得悲戚起来又和衣倒在床上幽怨的低哭着，心里是千愁万恨的，说不出怎样的苦闷。除了憎怨自己的命运的恶劣外，更想不出这是谁的罪过，使她受如此的苦。

祖母知道她无以度日，便接了她出来，住在我们家里。三姑丈和两个孩子也同来。三姑是一个精细的明白人，她晓得这一次的回母家，不是像姑娘们回家来玩几天的，可以发发脾气，而人家也都会客客气气看待如看待一个娇贵的客人。她是来寄食的，她现在是贫穷了的人。她很明白自己的地位。她一切都谦让退后。对嫂嫂们，对侄儿、侄女们，对底下人们，都和和气气的。坐在饭桌上吃饭，好菜是向来不肯下箸去挟的；一顿饭吃不了一点点的菜。有时，她的两个孩子，吵着要外公面前的好菜吃，她便狠狠的盯了他们几眼，盯得他们不敢再开口，只是眼光光的看着母亲，连饭也不敢吃。老妈子忘记了倒她的洗脸水，她也不开口。大门外有叫卖杂食的担子，喊着挑过去，家里的孩子们都飞跑的出去买，她的两个孩子也跟了大家跑。然而三姑却厉声的叫道："依桐，依榆，你们到哪里去？"那两个可怜的孩子只好伏伏贴贴的缩住了脚步。啊！一个好强的精明的人，境遇竟使她不得不强制着她自己：把她自己的刚强的性格压伏着，把她自己的傲慢自尊的心情收拾起！她哪一天不是郁郁的。她住在这里如坐在针毡上似的，在故乡虽然时时要愁米忧柴，反觉得快乐自在。母家的人看待她都很好，然而她总觉得不自在。她对三姑丈也不当面的讽骂了，她知在别人家里不便骂人，对孩子们也不一耳光一耳光的打过去了，她怕他们哭，惊扰了别人。她每逢恨起来，只是咬紧了牙，把一切苦辣酸辛都向自己肚里吞下去。这是如何难忍的苦闷，如何难忍的悲楚！

三姑丈还是那样浑浑沌沌的，一天不做事，也不想找事做，只是捧了一把水烟袋，坐在客厅的椅上蒲卢蒲卢的吸着水烟，仿佛他心里一点心事也没有，且一点也不觉焦急、苦闷似的。这使三姑更觉得生气。

她很喜欢打麻雀，从前在家里是常常打的。如今嫂嫂们约她打时，她总是托辞拒绝。她听见牌声哗啦地倒在牌桌上，她听见清脆的洗牌声，打牌声，她听见牌桌上的笑声，有大牌时惊愕的叫声，她听见琐琐絮絮的和牌后的诉说声，她听见输家怨怨切切的骂牌声。许多人都围在牌桌看着，而她却坚忍的不出房门一步。她手痒痒的，心脏跳跳的，渴欲一试，然而她却勉强的制服了她自己的欲望。她真受不了那样的痛苦！

她在我们家里住不上一年，便对祖母说，她要回家。她的话一说出口是不能挽回的，她的主意一打定，也是任怎样也改不过来的。祖母留不住她，便只好让她带了两个孩子乘闽船回去，答应每月寄一点津贴给她零用。而祖父却留住了三姑丈，说回家是一定不会有事做的，不如在此看看机会，也许有什么小局面，可以替他设法。

三姑丈在此住了不久，凤尾山的渔户们派了代表来见祖父，诉说现在的"会馆主"不会办事，要求祖父另行推荐一个人。凤尾山是海门外的一个海岛，岛上的居民都是打渔为生的，且都是闽人。山上的管理权，实际上是在所谓会馆主的手里。所谓会馆主，便是福州会馆的一个管事者，一面代表全山渔民，向当地官府交涉一切关于山上的事，一面算是众渔户公推的管理人，山上的一切公益事务，都要由他主持，连夫妻间的吵架，也都要向他控诉，求他批判是非。这个会馆主大概要是一个读书人，见过世面的，有力量的，可以见官见府，可以向他们保释山上因闹事被捉的渔户的。而众渔户便每年凑集了一笔款子送给他维持生活，以为报酬。如遇渔市兴隆时，他也着实可得一批款子。这个会馆的成立，祖父是主持最力的一个人，且曾亲自上山为他们筹划一切，亲自向同乡中有钱的人，为他们募款来建筑这个会馆，所以渔户每次要会馆主时，总是向祖父要求推荐一个人，每次觉得会馆主不称职，不满众望时，也必向祖父要求撤换了他，而另举一人。这一次，他们又来了。祖父便想起一个穷苦的远房兄弟来，他恰恰也赋闲着，便荐了他去，叫三姑丈也跟了去，可以分到一点好处。三姑丈到凤尾山去，而且要去分得些会馆主应得的一部分利益，是没有人会反对的；因为会馆的大殿，乃是他父亲生前独资捐建的。周家大老板的名望，山上没有一个人不知道，他的儿子去做会馆主的助手，谁还会反对。要是三姑丈有本领，可以见官见府的话，他要做会馆主是再容易没有的。只是他自己知难而退，晓得一定不能胜任，所以宁退居于助手。他到了山上半年一年，还是一个钱也不能寄回家。他除了吃一口饭以外，实在不曾得到一个小钱。那个会馆主是很有心计的，他用种种的方法，来欺瞒这个忠厚无能的三姑丈，使得他一个钱也得不到；所有的钱，一总都落在他自己的袋里去，完全不顾祖父和他说定的口头契约，而且一年之后，他还设法使这样浑浑沌沌的一个忠厚人也会自己觉得山上是不能再住下去。于是三姑丈下山了，而会馆由他一个人独占了去。祖父对于这事很不高兴，但也不便和他变脸，因为山上渔户和他还相安，便任他当会馆主下去。而三姑丈在外已久，觉得很想家，便也回到故乡了。他们一家四口，又如前地过着无米少柴的困苦万状的生活，而他又默默的静听着三姑尖利的无休止的讽骂的话。他圆圆而黑的脸上，只微微的罩上了一层薄薄的愁云，双眉微微地蹙着。

如此的过了八年，十年，十五六年，他们总还是沉陷在这样艰难穷困的泥泽中而不能自拔。其间，三姑又曾到过我们家里住了几次，却终于每次都住了不久便回家。其间，三姑丈也曾有过几次小差事，然都仅足维持一时的生活，且都不久便又失业了。我不知这悠久的岁月，在他们是怎样的度过去的，这穷厄万状的生活，在他们是怎样能活下去的！这一对年轻力壮的夫妇！

前年，我回归故乡时，见到三姑，她还是那样黄瘦而郁郁的。两个表弟已经都有十三四岁了，因为不曾读过书，进过学堂，也都是浑浑沌沌的大有父风。三姑丈因为实在穷得无法，且在家里为三姑讽骂得实在无可容身，便投身于警察厅里，当了一名长警。他终日忙碌着，有公事在身，很不容易回家。直到我见到三姑后的第三天晚上，他才得请假回来，和我相见。他穿着黑布的警服，还是满脸的忠厚无用的样子。他对我说起当巡警的苦楚。天一亮就要起床，冰冷的天气还要执枪早操。腿微弯了一点，便要被巡官不留情的拨出指挥刀重打几下。一天倒有半天时间在站岗、出差。还有，几天便轮到一次夜班，那更是苦了。冷清清的立在街头巷尾。要是偷偷地依墙睡一下，被巡夜的警官查见，第二天便要打几十下军棍了。我以前，每见雄赳赳的长警，便以他们为具有无限权力的人，是管人，不是被人管的，不料内幕里却有如此的苦处。我更想不到忠厚无能的三姑丈竟会受得住这样的劳苦辛勤。

又有三年不知道他们的消息了。等到他们的消息再给我知道时，却有一个更坏的消息，报告三姑丈的病亡的。据祖母说，他病死的前半年，更受尽了人家不曾受过的苦楚，三姑也是这样。一直到了死，他才脱离了这个苦境，三姑也方才脱离了这个苦境。在那半年前，他不知为了什么缘故，竟遭巡官责打了几十下军棍而被革退。他棍疮发作，又没钱去请外科。如此的睡躺在床上，流着脓血，不能起床，以至于死。三姑一面侍候他，一面还要张罗家中的柴米，那辛苦与焦急，真是不忍令人去想象。

他临死的几天前，三姑还是哝哝咕咕的讽骂着，他还是那样的默默无言地对着她，双眉紧蹙着，圆圆而黑的脸上罩上了一层薄薄的愁云，有时还轻轻地叹着气，这是他从来所没有的。无论遇到如何痛苦的境况，他从来不曾叹过气。人家说，这是他将死的征象。

他死了，一切的丧事费用，都是靠着几家近亲的赙赠。他死了，冷冷清清的一口薄材，一个妻，两个孩子哭着送他上厝所，再没有别一个来送丧。他死了，也许在他反是脱离了人世的苦海与艰难穷困的陷阱。然而被留下的是三姑，是两个孩子，他们还在这个永不能冲破的陷阱中挣扎着，只是少了一个同囚的人了。

夺了他资产的两个哥哥，如今还是兴兴旺旺的，舒舒服服地过着生活，而且家境还一天一天的好。祖母一想起，便要感慨叹息于天道的无知。

1927 年 8 月 14 日在巴黎

九叔

　　九叔在家庭里，占一个很奇特的地位：无足轻重，而又为人人的眼中钉，心中刺；个个憎他，恨他，而表面上又不敢公然和他顶撞。他走开了，如一片落叶堕于池面，冷漠漠的无人注意。他走开了，从此就没有一个人在别人面前再提起他，也没有人问起他的近况如何，或者他有信来没有。只有大伯父还偶然的说道："老九在湖州不晓得好不好。去了好几个月一封信也没有来过。"只有大姆还偶然的忆起他，说道："九叔的脾气不大好，在那边不晓得和同事住得和洽否？"

　　但是，九叔的信没有来，九叔他自己不久却回来了，他同来了照例是先到大姆的房门口，高声地问道：

　　"大嫂，大嫂，在房里么？大哥什么时候才可回家？"

　　他回来了，照例是一身萧然，两袖清风，有时弄得连铺盖也没有，还要大姆拿出钱来，临时叫王升去买一床棉被给他。

　　他回来时，照例是合家在背后窃窃的私议道："讨厌鬼这末快又来了！"人人心中是说不出的憎和恨，家庭中便如一堆干柴上点着了火，从此多事，鸡犬不宁。

　　他是伯祖的第二姨太太生的，他出世时，伯祖已经有六十多岁了。伯祖死时，他还不到八岁，于是大伯父便算是他的严父，他的严师，不仅是一个哥哥。他十岁时，跟了几个兄弟一同上学。是家里自己请的先生。今天是谁逃学，不用说，准是他；今天是谁挨了先生的打，不用说，准是他；今天是谁关了夜学，点上灯还在书房里"子曰，子曰"的念着，不用说，也准是他。好容易两年三年，把《四书》念完了，念完了他的责任便尽了，由"大学之道"起到"则亦无有乎尔"止，原文不动的交还了先生。说到顽皮，打架，他便是第一。带领了满街的孩子在空地上操兵操，带领的是谁，不用说，准是他；抛石块到邻居的窗户里去的是谁，不用说，准是他；把卖糖果的孩子打得哭了，跑到家里来哭诉，惹祸的是谁，不用说，也准是他。

大伯父实在管不了他，只好叹了一口气，置之不理。他母亲是般般件件纵容他惯的，大伯父要严管也不敢。但他怕的还只有大伯父，不仅在小时候是怕，到了大时还是怕。"大哥"是他在家庭中唯一的畏敬的，唯一的说他不敢回口的人。

他母亲死时，他已经二十多岁了，便常在外面东飘西荡，说是要做买卖，说是要找事做，说是到上海去，说是到省城去。不知在什么时候，祖父留给他的一份薄产，他母亲留给他的一份衣服首饰，都无形无踪的消没了，他便常在父亲家里做食客，管闲事，成了人人的眼中钉，心中刺，闹得鸡犬不宁。

自从大伯父合家搬到上海来后，二婶、五婶也都住在一处，家庭更大，人口更杂，九叔也成了常住的客人，而口舌更多。他每次失业，上海是必由之路，而大伯父家便是他必住之地。他的失业，一年二年不算多，而他的就事，两月三月已算久。于是家里的人个个都卷在憎与恨的旋风中，连李妈也被卷入，连荷花也被卷入。五婶是表面上客客气气，背后讽刺批评；二婶是背后啰啰唆唆，表面上板着面孔不理他。而九叔和她便成了明显的不两立的敌人。

九叔爱管闲事，例如：荷花手里提着开水壶，要去泡水，经过他的面前，他便板着脸说道："荷花，你昨夜又偷吃五太太的饼干么？大太太不舍得打你。再偷，我来打！"这时，厨房里锵的一声，表明郭妈洗碗时又打碎了一只，九叔便连忙立了起来，赶到厨房里说道："又打碎碗了！好不小心的郭妈！要叫大太太扣下工钱来赔。这样常打碎东西还成么！"李妈又由楼上抱了小弟弟噎噎的走下楼梯。"李妈，"九叔又叫住了她："把小弟弟抱到哪里去？当心太阳。不要乱买东西给他吃，吃坏了你担当不起。"李妈咕嘟着嘴答道："又不是我要抱他出去！是五太太她自己叫我抱他去买什锦糖的。"

他是这样的爱管闲事。于是在傍晚的厨房里窃窃的骂声起来了："一个男子汉，没出息，不会挣钱，吃现成饭，倒爱管人家的闲事！"朦胧的灯光之中，照见李妈、郭妈和荷花，还有四婶用的蔡妈和厨子阿三。

九叔的吵闹得合宅不宁，例如：他天天闲着没事做，天天便站在二婶、五婶、隔壁的黄太太，还有二姨太的牌桌旁边，东张张，西望望，东指点，西教导，似乎比打牌的人还热心。"看了别人的牌，不要乱讲。"黄太太微笑的禁阻他，二婶便狠狠的盯了他一眼。有一次，二婶刚好听的白板，二索对倒，桌上已有红中一对碰出，牌很不小，她把听张伏在桌上，故意不让九叔看见。九叔生了气道："不看就不看，我还猜不出？一定有一对白板！对家和数很大，你们白板大家不要打。"而这时，黄太太刚好摸到一张白板，正要随手打出，听他一说，迟疑了一下，便换了一张熟牌打出。结局是二婶没有和出。她忍不住埋怨道："爱看牌就不要讲话！东看西看的，什么牌都知道了。"

九叔光了眼望她道："二嫂说什么，我又没有看见你的！自己输急了，倒要埋怨别人！"

要不是黄太太和五婶连忙笑劝，一场大闹是绝不免的。看了黄太太和五婶的脸上，看了打牌的份上，二婶只好咕嘟着嘴，忍气吞声的不响，而九叔也只好咕嘟着嘴，忍气吞声的不响。

这一场牌的结果，二婶是大输，她便啰啰唆唆地在房里骂了九叔半夜。九叔便是她输钱的大原因。她的牌刚刚转风，九叔恰来多嘴，使她这一副牌不和；这一副牌不和，便使她一直倒霉到底。这罪过不该九叔担负又该谁担负的？

"好不要脸，一个男子汉，三十多岁了，还住在哥哥家里吃闲饭，管闲事。有骨气的人要出去自己挣钱才好。不要脸的，好样子！爱管闲事……吃闲饭！好样子！"她的骂话，颠之倒之是这几句。

不知以何因缘，她骂的话竟句句都传入九叔的耳朵里。第二天，大伯父出门后，九叔就大发雷霆了，瘦削的脸铁青铁青的，颧骨高高突出，双眼睁大了，如两只小灯笼，似欲择人而噬。手掌击着客厅的乌木桌，啪啪的发出大声，然后他的又高又尖的声带，开始发音了。

"自己输急了，反要怪着别人，好样子！我吃的是大哥的饭，谁配管我！我住的是大哥的家，爱住便住，谁又配赶我走！要赶我，我倒偏不走！怕我管闲事，我倒偏要管管！大哥也不能掮我走！大哥的家，我不能住么？快四十的人了，还打扮得怪怪气气的，好样子！自己不照照镜子看！"

这又高又尖的指桑骂槐的话，足够使二婶在她房里听得见，她气得浑身发抖，也颤声的不肯示弱的回骂着：

"好样子！一天到晚在家吃闲饭，生事，骂人！配不配？凭什么在家里摆大架子！没有出息的东西，三十多岁了，还吃着别人的，住着别人的，好样子！没出息！……"

二婶的话，直似张飞的丈八蛇矛，由二婶的房里，恰恰刺到他的心里，把他满腔的怒火拨动了。他由客厅跳了起来，直赶到后天井，双手把单衫的袖口倒卷了起来，气冲冲的仿佛要和谁拼命。

他站在二婶窗口，问道："二婶，你骂谁？"

二婶颤声的答道："我说我的话，谁也管不着！"

"管不着！骂人要明明白白的，不要绵里藏针！要当面骂才是硬汉！背后骂人，算什么东西！好样子！输急了，倒反怪起别人来。怕输便别打牌！又不是吃你家的饭，你配管我！二哥刚刚有芝麻大的差事在手，你便威风起来，好样子！不看看自己从前的……"

二婶再也忍不住了，从椅上立起来，直赶到房门口，一手指着九叔，说道："你敢说我……大伯还……"她的声音更抖得利害，再也没有勇气接说下去。

九叔还追了进一步："谁敢说你，现在是局长太太了！有本领立刻叫二哥回来吞了我。一天到晚，花花绿绿，怪怪气气的，打扮谁看。没孩子的命，又不让二哥娶小。醋瓶子，醋罐子！"

这一席话，如一把牛耳尖刀，正刺中二婶的心的中央。她由房门口倒退了回来，伏在床上号啕大哭。

这哭声引起了全家的惊惶。七叔和王升硬把九叔的双臂握着，推了他出外，而五婶、大姆、李妈、郭妈、荷花都拥挤在二婶的身边，劝慰的语声，如傍晚时巢上的蜜蜂的营营作响，热闹而密集。

他是这样的闹得合家不宁。

等到大伯父从厅里回家，这次大风波已经平静下去了。九叔不再高声的吵闹，二婶也不再号啕，不再啜泣。母亲和五婶已把她劝得不再和"狗一般的人"同见识，生闲气。

这一夜在房里，大姆轻喟了一口气，从容地对大伯父说道："九叔也闲得太久了，要替他想想法子才好。"

大伯父道："我何尝不替他着急。现在找事实在不易。去年冬天，好容易荐他到奔牛去，但不到两个月，他又回来了。他每次不是和同事闹，便是因东家撤差跟着走。这叫我怎么办。他的运气固然不好，而他的脾气也太坏了。"

大姆道："你想想看，还有别的地方可荐么？你昨天不是说四姊夫放了缺。何不荐他到四姊夫那里去试试？"

大伯父道："姑且写一封信试试看。事呢，也许有，只怕不会有好的轮到他。"

第三天早晨，九叔动身了。他走开了，如一片落叶堕于池面，冷漠漠的无人注意。他走开了，从此就没有一个人在别人面前再提起他，也没有人问起他的近况如何，或者他有信来没有。只有大姆还偶然的忆起他，只有大伯父还偶然的说起他。他走开了，家里也并不觉少了一个人。只有一件很觉得出：口舌从此少了；而荷花的偷吃，郭妈的打碎碗，李妈的抱小弟弟出门，也不再有人去管。

这一次，他的信却比他自己先回来。他在信上说，"四姊夫相待甚佳，唯留弟在总局，说，待有机会再派出去。"隔了几月，第二封信没有来，他自己又回来了。

这一次，失业只有半年多，而就事的时候也不少于半年，这是他失业史上空前记录。他回来了，依旧是一身萧然，两袖清风，依旧是合家窃窃的私议道："讨厌鬼又来了！"依旧是柴堆上点着了火，从此鸡犬不宁，口舌繁多。

"四姊夫太不顾亲戚的情面了。留在总局半年，一点事也不派。到他烟铺上说了不止十几次，而他漠然的不理会。他的兄弟，他母亲的侄子；他的远房叔叔，都比我后到，一个个都派到了好差事。我留在总局里，只吃他一口闲饭，一个钱也不见面。老实说，要吃一口饭，什么地方混不到，何必定要在他那里！所以只好走了！"他很激昂的对大伯父说，大伯父不说什么，沉默了半天，只说道："做事还要忍耐些才好……不过，路上辛苦，早点睡去吧。"回头便叫道："王升，九老爷的床铺铺好了没有？"

王升只随口答应道："铺好了。"其实他的被铺席子，都要等明天大姆拿出钱来再替他去置办一套。

这时正是夏天。夏夜是长长的，夏夜的天空蔚蓝得如蓝色丝绒的长袍，夏夜的星光灿烂如灯光底下的钻石。九叔吃了晚饭，不能就睡，便在夏夜的天井里，拖了一张凳子来，坐在那里拉胡琴。拉的还是他每个夏夜必拉的那个烂熟的福建调子《偷打胎》。他那又高又尖的嗓子，随和了胡琴声，粗野而讨人厌的反复的唱着。微亮的银河横亘天空，深夜的凉风吹到人身上，使他忘记这是夏天。清露正无声的聚集在绿草上，花瓣上。而九叔的"歌兴"还未阑。李妈、郭妈、荷花们这时是坐在后天井里，大蒲扇啪啪的声响着。见到的是和九叔见到的同一的夏夜的天空。荷花已经打了好几次的呵欠了。

二婶在房里，正提了蚊灯在剿灭帐子里面的蚊寇，预备安舒的睡一夜。她听见九叔还在唱，便自语道："什么时候了，还在吵嚷着！真是讨厌鬼，不知好歹！"

然而，谁能料到呢，这个讨厌鬼却竟有一次挽救了合家的厄运。真的，谁也料不到这厄运竟会降到我们家里来，更料不到这厄运竟会为讨厌鬼的九叔所挽救。

黄昏的时候，电灯将亮未亮。大伯父未回家；王升出去送信了；七叔是有朋友约去吃晚饭。除了九叔和阿三外，家里一个男子也没有。李妈抱小弟弟在楼上玩骨牌；荷花在替母亲捶腿；郭妈在厨房里煮稀饭。这时，大门蓬蓬的有人在敲着，叫道"快信，快信！"二婶道："奇怪，快信怎么在这个时候来！"她见没人开门，便叫正在她房里收拾东西的蔡妈道："你去开门吧。先问问是哪里来的快信。"

蔡妈在门内问道："哪里寄来的快信？"

门外答道："北京来的，姓周的寄来的。"

呀的一声，蔡妈把大门开了，门外同时拥进了三个大汉。蔡妈刚要问做什么，却为这些不速之客的威武的神气所惊，竟把这句问话梗在喉头吐不出。

"你们太太在哪里，快带我们去见她。"来客威吓的说道。

蔡妈吓得浑身发抖，双腿如疯瘫了一样，一步也走不动，而来客已由天井直闯到客厅。

全家在这时都已觉得有意外事发生了。不知什么时候，九叔已由他自己的房里溜到楼上来。他对五婶道："不要忙乱，把东西给他们好了。"五婶颤声道："叫李妈，当心小弟弟。他们要什么都给他们便了。"四婶最有主张，已把金镯子、钻戒指脱下放到痰盂里去。母亲索索的打冷战不已，一句话也说不出，一步路也不能走动。

九叔已很快地上了阁楼，由那里再爬到隔壁黄家的屋瓦上，由他家楼上走下，到了弄口，取出警笛呜呜的尽力吹着，并叫道："弄里有强盗，强盗！"

弄里弄外，人声鼎沸，同时好几只警笛悠扬的互答着。

那几个大汉，匆匆地由后门逃走了，不知逃到哪里去。家里是一点东西也没有失，只是空吓了一场而已。

大姆只是念佛："南无阿弥陀佛！亏得菩萨保佑，还没有进房来！"

五婶道："还亏得是九叔由屋瓦上爬过黄家，偷出弄口吹叫子求救，才把强盗吓跑了。"

大姆轻松地叹了一口气道："究竟是自己家里的人，缓急时有用！"

谁会料得到这合家的眼中钉、心中刺的九叔，缓急时竟也有大用呢？

然而，谁更能料到呢，这合家的眼中钉、心中刺的九叔，过了夏天后，便又动身去就事了呢？而且这一去，竟将一年了，还不归来。

谁更能料到，九叔在一年之后归来时，竟不复是一身萧然呢？他较前体面得多了。身上穿的是高价的熟罗衫，不复为旧而破的竹布长衫；身边带的是两口皮箱，很沉重，很沉重的，一只网篮，满满的东西，几乎要把网都涨破了，一大卷铺盖，用雪白的毯子包着，不复是"双肩担一嘴"的光棍；说话是甜蜜蜜的，而不复是尖尖刻刻的谩骂。

五婶道："九叔发福了，换了一个人了。"

他回来时，照例先到大姆的房门口，高声地问道：

"大嫂，大嫂，在房里么？大哥什么时候才可回家？"

他回来了，合家不再在背后窃窃的私议道："讨厌鬼又来了！"

他回来了，家里添了一个新的客人，个个都注意他的客人。大姆问他道："九叔，听说发财了，恭喜，恭喜！有了九婶婶了么？"

他微笑的谦让道："哪里的话，不过敷衍敷衍而已。局里忙得很，勉强请了半个月的假，来拜望哥嫂们。亲是定下了，是局长的一个远房亲串。"他四顾的看着房里说道："都没有变样子。家里的人都好么？"荷花正在替大姆捶腿背。他道："一年多不见，荷花大得可以嫁人了。"

合家都到了大姆的房里，二婶、五婶、七叔，连李妈、郭妈、蔡妈，拥拥挤挤的立了坐了一屋子，都看着九叔。

五婶问道："九叔近来也打牌么？"

"在局里和同事时常打，不过打得不大，至多五十块底的。玩玩而已，没有什么大输赢。"九叔答道。

饭后，黄太太也来了。她微笑地问道："下午打牌好不好？九叔也来凑一脚吧。横竖在家里没事。只怕牌底太小，九叔不愿意打。"

九叔道："哪里的话。大也打，小也打。不过消遣消遣而已。"

哗啦一声，一百三十多张麻将牌便倒在桌上，而九叔便居然上桌和黄太太、二婶、五婶同打，不再在牌桌旁边，东张张，西望望，东指点，西教导，惹人讨厌了。

谁料到九叔有了这样的一天。

这时正是夏夜，夏夜是长长的，夏夜的天空蔚蓝得如蓝色丝绒的长袍，夏夜的星光是灿烂如灯光底下的钻石。在这夏夜的天井里，只缺少了一个九叔，拉着胡琴，唱着那熟悉的福建调子《偷打胎》。微亮的银河横亘天空，深夜的凉风，吹到人身上，使他忘记这是夏天。清露正无声的聚集在绿草上，花瓣上。在这夏夜的后天井里，同时还缺少了李妈、郭妈、荷花们，也不见大蒲扇的啪啪地响着，也不见荷花的打呵欠。

上房灯光红红的，黑压压的一屋子人影。牌声悉悉率率的，啪啪噼噼的，打牌的人，叫着，笑着，而李妈、郭妈、荷花们忙着装烟倒茶，侍候着他们打牌的人。

1927 年 8 月 1 日在巴黎

三年（一）

　　月白风清之夜，渔火隐现，孤舟远客。"忽闻江上琵琶声"，这嘈嘈切切之音，勾引起的是无限的凄凉。繁灯醑宴，酒肴狼藉，絮语琐切，高谈惊座，以箸击桌而歌，若醉，若醒，这歌声所引起的是燠暖繁华之感。至若流泉淙淙，使人有崇沽之意，松风飒飒，令人生高旷之思，洞箫幽细，益增午夜的静悄，胡琴低昂呜咽，奏出难消的愁绪，这些声调都是可知的，现世的，是现世的悲欢，是现世的愉闷，是现世的情怀。独有在沉寂寂的下午，红红的午日晒在东墙，树影花影交错的印在地上，而街头巷尾，随风飘来了一声半声的盲目的算命先生的三弦声，这简单而熟悉的铮铮当当之声，将勾引起你何等样子的心绪呢？这心绪是不可知的，是神秘的，是渺茫的，是非现世的。这铮铮当当的简单而熟悉的三弦声，仿佛是一个白衣天使的幽微的呼唤，呼唤你由现世而转眼到第二世界，呼唤你由狭窄的小室而游心于旷芜无边的原野。这铮铮当当的简单而熟悉的三弦声，仿佛是运命她自己站在你面前和你叨叨絮絮的谈着，你不能避开了她的灰白如死人的大而凄惨的脸，你不能不听她那些淡泊无味而单调的语声。呵，这铮铮当当的简单而熟悉的三弦声，虽只是一声半声，由街头巷尾而飘来你的书室里，却使你受伤了，一枝两枝无形的毒箭，正中在你的心。

　　谁都曾这样的受伤过，就是十七嫂的麻木笨重的心里，也不由得不深深的中了一箭。她茫然的，抬起板涩失神的眼来，无目的的注在墙角的蛛网上，这蛛网已破损了一角，黑色的蜘蛛，正忙着在修补。桃树上正满缀着红花。

阶下的一列美人蕉，也盛放着，红色、黄色而带着黑斑的大朵的花，正伸张了大口，向着灿烂的春光微笑。天井里石子缝中的苍苔，还依旧的苍绿。花台里的芍药，也正怒发着紫芽。十七嫂离开这里的故家，不觉得已经三年了。如今重来时，家里的一切都还依旧，天井里的一切都还依旧，只有她却变了，变了！这短短的三年，使她由少女而变为妇人，而无忧无虑的心，乃变而为麻木笨重，活溜溜的眼珠，乃变而板涩失神，微笑的桃红色的脸乃变而枯黄，憔悴，惨闷。这短短的三年，使她经历了一生。她的一生，便是这样的停滞了，不再前展了，如一池死水似的，灰蓝而秽浊的停储着。她这样茫然的站在天井里。由街头巷尾随风飘来一声半声算命先生的三弦声，便在她麻木笨重的心里，也不由得不深深的中了一箭。运命她自己似乎正和她面对面的站着。

"姑姑，快来看，新娘子回来了！"她的一个五岁的侄女，圆而红润的脸上微笑着，由大厅里跑跳了来向她道。她的小手，强塞入她姑姑的手里，"姑姑，去看，快去。新娘子还带了红红金金的许多匣子东西回来呢。"

她渺茫的，空虚的，毫无心绪的，勉强牵了这个孩子的小手，同到前面大厅里来。

新娘子是她的第三弟媳，前三天方才娶进门的。她自出嫁后，三年中很少归宁到两天以上。这一次是破例，因为有了喜事，所以四婶，她婆婆，特别允许她多住几天。

十七嫂在九岁时，她母亲曾有一天特别的叫了一个算命先生进门，为她算算将来的运命。铮铮当当的三弦声，为小丫头的叫声"算命的，算命的"而中止。小丫头执着盲目的算命先生的探路竹棒的一端，引了他来。他坐在大厅的椅上说道："太太，要替谁算命？男命？女命？"

她母亲道："是女命。九岁，属虎。七月十六日生。"

算命先生自言自语的念了许多人家不懂的术语后，便向她母亲道："太太，我是喜欢说直话的，有凶说凶，有吉说吉，不能瞎说骗钱，太太，是么？这命可是不大好，命中注定要克……太太，这命，双亲都在么？"

"父亲已故，母在。"

"是的，命中注定要克父。不要出嫁得太早，二十四五岁正当时。出嫁早了，要克子。太太，这命实在硬。太太，我是喜欢说直话的，有凶说凶，……"

小丫头仍旧领了这瞎子出门。铮铮当当的三弦声又作了，由近而渐远，渐渐的消失于街头的喧声中。这时，天井里几树桃花正盛开着，花台里的芍药，正怒发紫芽，而蜘蛛也正忙着在墙角布网。十七嫂带着红红的一个苹果脸，正在阶前太阳光中追逐着一只小黑猫。她毫不挂着她未来的运命。烦恼她的，只有！她的一双耳片，还隐隐的作痛。前天她母亲才请隔壁的顾太太替她穿了耳环孔，红色的细线，还挂在孔中。顾太太的手不会发抖，短短的针，很利落的便在粉嫩的耳片中穿过了。当时并不觉得怎么痛，所以戚串和邻居都喜欢请她穿女孩子们的耳环孔。十七嫂的两个姊姊，也都前后由顾太太的手，替她们穿了耳环孔。她是她家里最小的女孩，顾太太穿了她的耳片后，要等她家第二代的女孩子们长成后，才再有这个好买卖呢。

春天，秋天，如在北海上面溜冰的人似的，很快的，很快的一个个滑过去了，十七嫂不觉得已经二十岁，这正是出嫁之年，也许已经是太迟了些。十七哥这时正由北京学校里毕业回家。四叔和四婶忙着替他我一房好媳妇，而十七嫂遂由媒婆的撮合，做了十七哥的新娘子。

新房里放着一张大铜床，是特别由上海买来的，崭新的绿罗帐子，方整的张在床架上。两只白铜的帐钩，光亮亮的勾起了帐门。帐眉是绣了许多、许多花的红色缎子，还有两个绣花的花篮式的饰物，悬了帐门两边。桌子、椅子、衣架、皮箱、镜橱、镜框，都是崭新的，几乎可以闻得出那"新"味来。窗前的桌上，放着一对高大的锡烛台，上面插着写着金字的大红烛，还放着几只崭新的茶碗茶杯。床底下是重重叠叠的堆着大大小小的金漆的衣盆、脚盆之类。这房间一走进去便觉得沈沈迷迷的，似有无限的喜气，"新"气。

四婶看待新娘子又是十分的细心体贴。新少奶长，新少奶短，一天到她房里总有七八趟。吃饭时，总要把好菜拣在她碗里："新少奶不要客气，多吃些菜。"早上，十七嫂到上房问好时，她总要说："新少奶起得这末早！没事不妨多睡睡。"

十七嫂过门一个月后，四叔便署理了天台县。四叔在浙江省做了二十年的小官僚，候补的赋闲的时间总在十二三年以上；便放出差来也是苦差，短差，从没有握过正印。这一次的署理大台县正堂，直把全家都喜欢得跳起来，四婶竟整三天的笑得合不拢嘴。她在饭桌上说道："都是靠新少奶的福气！"

她过门的第三个月，又证明了有孕在身。这使四婶格外的高兴。她说道："大房媳妇，娶了几年了，还不生育一男半女；新少奶过门不久，便有了身孕。菩萨保佑她生了男孩子，周家香火无忧了！"

　　她自此待十七嫂更好，更体贴得入微："新少奶要保养自己，不要劳动。要吃什么尽管说，叫大厨房去买。"

　　晚上厨子周三到上房问太太明天要添什么菜时，她在想好了老爷少爷要吃的菜后，总要叫李妈去问问新少奶要吃什么不。新少奶总回说不要，然而四婶却自作主张的吩咐道："周三，明天为新少奶买一只嫩鸡，清炖。炖好了叫李妈送到她房里。好菜放在饭桌上，你一箸，他一箸，一会儿便完了，要吃的人反倒没份！"

　　她每天到新少奶房里去的时间更多了，坐在窗前的椅上，絮絮叨叨的谈着家常细故，诉说八嫂的不敬婆婆，好吃懒做。又问问她家中的小事。看她桌上放着正在绣花的鞋面，便道："样子真好！谁画的花？新少奶真有本事。"临出房门，便再三的吩咐道："不要多做事，不要多坐，有事叫李妈、张妈做好了，不要自己劳动。"

　　十七嫂是过着她的黄金时代。八嫂面子上和她敷敷衍衍，背地是窃窃絮絮的妒骂着："也不知是男是女？还只三四个月，便这末娇贵？吃这个，吃那个，好快活！婆婆也不像婆婆的样子，只是整天的在媳妇房里跑！也不知是男是女？便这么爱惜她！"

　　十二月，雪花飘飘扬扬的落了满屋瓦，满天井。四叔正忙着做他的五十双寿。这是他生平最热闹的一次寿辰。前半个月，合家便已忙碌起来。前三天，家前已经搭起红色的牌坊，大天井上面是搭盖了明瓦的天篷。请了衙门里的两位要好的师爷，经理账房里的事。送礼的人，纷至沓来。十几个戴着红缨帽，穿着齐整的新衣的底下人，出出进进，如蛱蝶之在花丛中穿飞着。几个亲戚们也早几天使来做客了，几个孩子，全身崭新的红衣、绿衣，在大厅里，天井里，跑着笑着，或簇集在一块看着挑送进来的礼担。火腿是平放在担中，鸡屈伏在鞭炮红烛之间，鸭子伸出头来，呷呷的四顾着；间或有白色的鹅，头顶着红冠，而长项上还围了一圈红纸；间或有立在地上比桌子还高的大面盆、大馒头盆，盆上是装饰着八仙过海、麻姑献寿等等故事中的米面做的人物。暖寿那一夜，已有十几桌酒席。大厅上，花厅里，书房里，坐满了男客；而新少奶的房里，四婶的房里，八嫂的房里，也都拥挤着太太们，小姐们。红烛十几对的高烧着。大厅里，花厅里，书房里，红红的挂满了寿幛、寿联、寿屏。本府张大人也送了一轴红缎幛子来，而北京做着侍郎的二伯，也有一对寿联寄来。上席时，鞭炮燃放了不止数万，震得客人耳朵几聋，连说话也听不见。门外是雪花飘飘扬扬的落下，而这里是喜气融融的，暖暖和和，一点也不觉得是冬天，一点也不觉在下雪。第二天是正寿，客人更多了，更热闹了，连府尊也很早的便来拜寿，晚上是三十桌以上的酒席，连大天井里也都摆满了桌子。包办酒宴的是本城最大的一个酒馆，他们已有三四天不做别的生意，而专力来筹备这周公馆的寿宴。残羹剩酒，一钵一碗的送给打杂的吃，大爷们，老妈子们还不屑吃这些呢！

四叔满脸的春风，四婶满脸的春风，十七哥满脸的春风，十七嫂也终日的微笑着，忙着招呼客人，连八嫂也在长而愁闷的脸上显着笑容。老家人周升更是神气旺足的，大呼小叱，东奔西走，似乎主人的幸福便是他的幸福，主人的光荣，便是他的光荣。

直到了深夜，很晏很晏的深夜，客人方才散尽，而合家的人都轻松的舒畅了一口气，如心上落下一块石头。这繁华无比的寿辰是过去了。

第三天，彩扎店里来拆了天篷彩坊去，而天井角里还红红的堆积了无数的鞭炮的残骸和不少的瓜子壳、梨皮。

四婶又在饭桌上说道："新少奶的福气真好，今年一进门，老爷便握了正印。便见这样热闹的做寿。今年，福官（十七哥的小名）也要有好差事才好。明年，小娃娃是会笑会叫公公了，做寿一定更要热闹！"

果然，不到半个月，十七哥有差事了，是上海的一家公司找他去帮忙的。虽然不是什么顶好的差事，而在初出学校门的人得有这样的事做，已经很不坏了。忙了三四天的收拾行李，十七哥便动身赴上海了。

四婶含笑的说道："新少奶，我的话没说错么？说福官有事，便真的有事了。新少奶，你的福气真好！"

这时，十七嫂的脸上是红润的，肥满的，待人是客客气气的，对下人也从不叱骂。她还是一个新娘子的样子。四婶常道："她的脸是很有福相的，怪不得一娶进门，周家便一天一天的兴旺。"

然而黄金时代却延长了不久，如一块红红的刚从炉中取出的热铁浸在冷水中一样。黄金时代的光与热，一时都熄灭了，永不再来了。

四叔做五十大寿后，不到二月，忽然觉得胃痛病大发。把旧药方撮来煎吃，也没有效验。请了邑中几个有名的中医来，你一帖，我一剂，也都无用。病是一天一天的沉重。他终日躺在床上呻吟着，有时痛得翻来滚去。合家都沉着脸，皱着眉头。一位师爷荐举了天主堂里的外国人，说他会看病，很灵验。四婶本来不相信西医西药，然到了中医治不好时，只好没法的请他来试试。他来了，用听筒听了听胸部，问了问病状，摇摇头，只开了一个药方。说道："这病难好！是胃里生东西。姑且配了这药试试看。"西药吃下去了，病痛似乎还是有增无减，仿佛以杯水救车薪，一点效力也没有。

病后的八九天，大家都明显的知道四叔的病是无救的了。连中医也摇摇头，不大肯开方了。电报已拍去叫十七哥赶回来。

正当这时，不知是谁，把十七嫂幼时算命先生算她命硬要克什么什么的话传到周家来。八嫂便首先咕噜着说道："命硬的人，走一处，克一处，公公要有什么变故，一定是她克的！"四婶也听见这话了。她还希望不至于如此。然而到了病后十天的夜里，四叔的症候却大变了，只有吐出的气，没有吸进的气，脸色也灰白的，两眼大大的似盯着什么看，嘴唇一张一张的，似竭力要说什么，然而已一句话都不能说了。四婶大哭着。周升和师爷们忙着预备后事。再过半点钟四叔便死去了。合家号啕的大哭着，四婶哭得尤凶，"老爷呀，老爷呀！"双足顿跳着的哭叫。两个老妈子在左右扶着她，小丫头不住的绞热手巾给她揩脸。没有一个人敢去劝她。

三年（二）

在一"七"里，十七哥方才赶回来。然而他说："那边的事太忙了，不能久留在家。外国人不好说话，留久了，一定要换人的！"所以到了三"七"一过，他便回到上海去。

家里只是几个女人，要账的纷至沓来。四叔虽说是做了一任知县，然而时间不长，且本来亏空着，娶十七嫂时又借了钱，做寿时又多用了钱，要填补，一时也填补不及。所以他死后，遗留的是不少的债。连做寿时的酒席账，也只付了一半。四婶一听见要账的来便哭，只推说少爷不在家，将来一定会还的。底下人是散去了一大半。

在"七"里，每天要在灵座前供祭三次的饭，每一次供饭，四婶便哀哀的哭，合家便也跟了她哭。而她在绝望的、痛心的悲哭间，"疑虑"如一条蛇似的，便游来钻进她的心里。她愈思念着四叔，而这蛇愈生长得大。于是她不知不觉的也跟随了八嫂的意见，以为四叔一定是十七嫂克死的。她过门不一年，公公便死了，不是她克死的还有谁！"命硬的人，走一处克一处！"这话几乎成了定论。而家中又纷纷籍籍的说，新娘子颚骨太大，眼边又有一颗黑痣，都是克人的相。且公公肖羊，她肖虎。羊遇了虎，还不会被克死么？于是四婶便把思念四叔的心，一变而为恨怨十七嫂的心，仿佛四叔便是十七嫂亲自执刀杀死一样。于是终日指桑骂槐的发闲气，不再进十七嫂房间里闲坐闲谈。见面时，冷板板的，不再"新少奶，新少奶"的叫着，不再问她要吃什么不，也不再拣好菜住她的饭碗里送。她肚子很大，时时要躺在床上，四婶便在房外骂道："整天的躲在房里，好不舒服！吃了饭一点事也不做，好舒服的少奶奶！"有时她要买些鸡子或蹄子炖着吃，便拿了私房的钱去买。四婶知道了，便叨叨啰啰的骂道："家用一天天的少了，将来的日子不知怎样过？她倒阔绰，有钱买鸡买鸭吃，在房里自自在在的受用！"

十七嫂一句句话都听得清楚。她第一次感到了她的无告的苦恼。她整天的躲在床上，放下了帐门，幽郁的低哭着，满腔的说不出的冤屈。而婆婆又明讥暗骂了："哭什么！公公都被你哭死了，还要哭！"

新房里桌子、椅子、橱子、箱子以及金漆的衣盆、脚盆，都还新崭崭的，而桌上却不见了高大的锡烛台与写着金字的红红的大烛，床上却不见了绿罗帐子，而用白洋布帐子来代替，绣了许多许多花的红缎帐眉以及花篮式的饰物，也都收拾起来。走进房来，空洞洞的，冷清清的，不复如前之充满着喜气。而她终日坐在、躺在这间房里，如坐卧在愁城中。

在这愁城中，她生了一个孩子，一个男孩子！当她肚痛得厉害，稳婆已经叫来时，四婶忙忙碌碌的在临水陈夫人香座前，在观音菩萨香座前，在祖宗的神橱前，都点了香烛，虔诚的祷告着，许愿着，但愿祖先、菩萨保佑，生一个男孩，母子平安。她心里担着千斤重的焦急，比产妇她自己还苦闷。直等到呱的一声，孩子堕地，而且是一个男孩子，她方才把这千斤担子从心上放下，而久不见笑容的脸上，也微微的耀着微笑。稳婆收生完毕后，抱着新生的孩子笑祝道："官官，快长快大，多福多寿！"而四婶喜欢得几乎下泪，不再吝惜赏钱。十七嫂听见是男孩，在惨白如死人的脸上，也微微的现着喜色。自此，四婶似乎又看待得她好些；一天照旧进房来好几次，也许比前来得更勤，且照旧的天天的问："少奶要吃什么不呢？要多吃些东西，奶才会多，会好！""明天吃什么呢？蹄子呢？鸡呢？清炖呢？红烧呢？"然而这关切，这殷勤，都是为了宝宝，而不是为了十七嫂。譬如，她一进房门，必定先要叫道："宝宝，乖乖！让你婆婆抱抱痛痛！"而她的买鸡买蹄子，也只为了要奶多，奶好！

宝宝只要呱呱的一哭，她便飞跑进十七嫂的房门，说道："宝宝为什么哭呢？宝宝别哭，你婆婆在这里，抱你，痛你，宝宝别哭！"而宝宝的哭，却似乎是先天带来的习惯，不仅白天哭，而且晚上也哭。静沉沉的深夜，她在上房听见孩子哭个不止，便披了衣，走到十七嫂房门口，说道："少奶，少奶，宝宝在哭呢！"

"晓得了，婆婆，宝宝在吃奶呢。"

直等到房里十七嫂一边拍着孩子，一边念着："宝宝，乖乖，别哭，别哭，猫来了，耗子来了，睡吧，睡吧。"念了千遍百遍，使孩子渐渐的无声的睡去时，她方才复回到上房宽衣睡下。

"少奶，少奶，宝宝为什么又哭个不停呢？"她在睡梦中又听见孩子哭，又披衣坐起了。

十七嫂一边抚拍得孩子更急，一边高声答道："没有什么，宝宝正在吃奶呢，一会儿便好的。"

每夜是这样的过去。四婶是一天天的更关心宝宝的事，十七嫂是一天天的更憔悴了。当午夜，孩子哭个不了，十七嫂左拍，右抚，这样骗，那样哄，把奶头塞在他嘴里，把铜铃给他玩，而他还是哭个不了时，她便在心底叹了一口气，低低的说道："冤家，要磨折死了我！"而同时又怕婆婆听见，起来探问，只好更耐心耐意的抚着，拍着，骗着，哄着。

母亲是脸色焦黄，孩子也是焦黄而瘦小。已是百日以上的孩子了，还只是哭，从不见他笑过，从不见他高兴的对着灯光望着，呀呀的喜叫着，如别的孩子一样。

有一夜，宝宝直哭了一个整夜。十七嫂一夜未睡，四婶也一夜未睡，他手脚乱动着，啼哭不止，摸摸头上，是滚烫的发烧。四婶道："宝宝怕有病呢，明早叫小儿科来看看。"

小儿科第二天来了，开了一个方子，说道："病不要紧的，只不要见风，吃了药，明天就会好些。"

药香达于全屋。煎好了，把黑黑的水汁，倒在一个茶碗里，等到温和了，用了一把小茶匙，捏了孩子的鼻子，强灌进口。孩子哭着，挣扎着，四婶又把他的手足把握住。黑汁流得孩子满鼻孔，满嘴边。等到一碗药吃完，孩子已是奄奄一息，疲倦无比，只是啼哭着。

来不及再去请小儿科来，而孩子的症候大变了。哭声渐渐的低了，微细了，声带是哑了，小手小足无力的颤动着，一双小眼，光光的望着人，渐渐的翻成了白色，遂在他婆婆的臂上绝了呼吸。

十七嫂躲在床上，帐门放下，在呜呜的哭着，四婶也哭得很伤心。小衣服一件件穿得很整齐后，这个小小的尸体，便被装入一个小小的红色棺中。这小棺由一个褴褛的人，挟在臂下拿去，不知抛在什么地方。整整的两天，十七嫂不肯下床吃饭，只在那里忧郁的哭着。她空虚着，十分的空虚着，仿佛失去了自己心腔中的肝肠，仿佛失去了一切的前途，一切的希望。她看见房里遗留着的小鞋、小衣服，便又重新哭了起来，看见一顶新帽，做好了他还未戴过一次的，便又触动她的伤心。从前，他的哭声，使她十分的厌恶，如今这哭声仿佛还在耳中响着，而他的黄瘦的小脸已不再见了。她如今渴要听听他的哭声，渴要抱着他如从前一样的抚着，拍着，哄着，骗着，说道："宝宝，乖乖，别哭，别哭！猫来了，耗子来了，睡吧，睡吧。"而她的怀抱中却已空虚了，空虚了，小小的身体不再给她抱，给她抚拍了。有一夜，她半夜醒来，仿佛宝宝还在怀抱中，便叫道："宝宝，乖乖，吃奶奶吧，别哭，别哭！"她照常的在半醒半睡的状态中抚拍着，而仔细的一看，手中抱的却是一只枕头而非她的宝宝！她又低声的哭了半夜。这样的夺去她的心，夺去她的希望，夺去她的灵魂，还不如夺去她自己的身体好些！她觉得她自己的性命是很轻渺，不值得什么。

四婶也在上房里哭着，而宏大的哭声中还夹着不绝的骂声："宝宝呀，你的命好苦呀！活活的给你命硬的妈妈所克死！宝宝呀，宝宝呀！"

而十七嫂的命硬，自克了公公，又克子后，已成了一个铁案。人人这样的说，人人冷面冷眼的望着她，仿佛她便是一个刽子手，一个谋杀者，既杀了父亲，又杀了公公，又杀了自己的孩子，连邻居，连老妈子们也都这样的断定。她的脸色更焦黄了，眼边的黑痣愈加黑得动人注意，而活溜溜的双眼，一变而干涩失神，终日茫然的望着墙角，望着天井，如有所思。连小丫头也敢顶冲她，和她斗嘴。

她房里是不再有四婶的足迹。她不出来吃饭，也没有人去请她，也没有想到她，大家都只管自己的吃。还亏得李妈时常的记起，说道："十七少奶呢？怎么又不出来吃饭了？"

四婶咕噜的说道："这样命硬的人，还装什么腔！不吃便不吃罢了，谁理会到她！不食一顿又不会饿死！"吓得李妈不敢再多说。

她闲着无事，天天闯邻居，而说的便是十七嫂的罪恶："我们家里不知几世的倒楣，娶了这样命硬的一个媳妇！克了公公，又克了儿子！"

她还把当初做媒的媒婆，骂了一个半死。又深怪自己的疏忽鲁莽，没有好好的打听清楚，就聘定了她！

十七哥是久不回家，信也十分的稀少。但偶然也寄了一点钱，给母亲做家用，而对于十七嫂却是一文也没有，且信里一句话也不提起她，仿佛家里没有这样的一个媳妇在着。

这一天，三伯的五哥由上海回来，特地跑来问候四婶。四婶向他问长问短，都是关于十七哥的事：近来身体怎样？还有些小咳嗽么？住的房子怎样？吃得好不好？谁烧的饭菜？有在外面胡逛没有？她很喜欢，还特地叫八嫂去下了一碗肉丝面给五哥吃，十分的殷勤的看待他。

五哥吃着面，无意的说道："十七弟近来不大闲逛了，因为有了家眷，管得很严，……"

四婶吓得跳了起来，紧紧的问道："有家眷了？几时娶的小？"

五哥晓得自己说错了话，临行时，十七哥曾再三的叮嘱他不要把这事告诉给家里。然而这时他要改口已经来不及了。只好直说道："是的，有家眷了，不是娶小，说明是两头大。他们俩很好的过活着。"

四婶说不出的难过，连忙跑进久不踏进门的十七嫂屋里，说道："少奶，少奶，福官在上海又娶了亲了！"只说了这一句话，便坐在窗前大桌边，哭了起来。十七嫂怔了半天，然后伏在床上哀哀的哭着。她空虚干涩的心又引起了酸辛苦水。

四婶道："少奶，你的命真苦呀！"刚说了这一句，又哭了。

十七嫂又有两整天的躲在床上，帐门放下，忧郁的低哭着，饭也不肯下来吃。

她自公公死后，不曾开口笑过，自宝宝死后，终日的愁眉苦脸，连说话也不大高兴。从这时起，她却觉得自己的地位是更低下了，觉得自己真是一个不足齿数的被遗弃了的苦命人，性命于她是很轻渺的，不值得什么。于是她便连人也不大见，终日的躲在房里，躲在床上，帐门放下。房间里是空虚虚的，冷漠漠的，似乎是一片无比黑暗的旷野。桌子、椅子、柜子、床下的衣盆、脚盆都还漆光亮亮的，一点也不曾陈旧，而他们的主人十七嫂却完全变了一个人，短短的三年，她已经历了一生，甜酸苦辣，无所不备的一生！

她是这样的憔悴失容，当她乘了她三弟结婚的机会回娘家时，她母亲见了她，竟抱了她大哭起来！

　　墙角的蛛网还挂着。桃树上正满缀着红花。阶下的一列美人蕉也盛放着，红色、黄色而带着黑斑的大朵的花，正伸张了大口，向着灿烂的春光笑着。天井里石子缝中的苍苔，还依旧的苍绿。花台里的芍药也正怒发着紫芽。短短的三年中，家里的一切，都还依旧，天井里的一切，都还依旧，只有她却变了，变了！

　　她板涩失神的眼，茫然的注视着黑丑的蜘蛛，在忙碌的一往一来的修补着破网。由街头巷尾随风飘来一声半声的简单而熟悉的铮铮当当的三弦声，便在她麻木笨重的心上，也不由得不深深的中了一箭。

五叔春荆

祖母生了好几个男孩子，父亲最大，五叔春荆最小。四叔是生了不到几个月便死的，我对他自然一点印象也没有，家里人也从不曾提起过他。二叔景止，三叔凌谷，在我幼年时代和少年时代都曾给我以不少的好印象。三叔凌谷很早的便到北京读书去了。我还记得很清楚，当我九、十岁时，一个夏天，天井里的一棵大榆树正把绿荫罩满了半片砖铺的空地，连客厅也碧阴阴有些凉意，而蝉声在浓密的树叶间，叽——叽——叽——不住的鸣着，似乎催人午睡。在这时，三叔凌谷由京中放暑假回家了。他带了什么别的东西同回，我已不记得，我所记得的，是他经过上海时，曾特地为我买了好几本洋装厚纸的练习簿，一打铅笔，许多本红皮面绿皮面的教科书。大约，他记得家中的我，是应该读这些书的时候了。这些书里都有许多美丽的图，仅那红的绿的皮面已足够引动我的喜悦了。你们猜猜，我从正式的从师开蒙起，读的都是干干燥燥的莫测高深的《三字经》《千字文》《大学》《中庸》《论语》，那印刷是又粗又劣，那纸张是粗黄难看，如今却见那些光光的白纸上，印上了整洁的字迹，而且每一页或每二页便有一幅未之前见的图画，画着尧、舜、武王、周公、刘邦、项羽的是历史教科书；画着人身的形状，骨骼的构造、肺脏、心脏的位置的是生理卫生教科书；画着上海、北京的风景，山海关、万里长城的画片，中国二十二省的如秋海棠叶子似的全图的是地理教科书；画着马呀、羊呀、牛呀、芙蓉花呀、青蛙呀的是动植物教科书。呵，这许多有趣的书，这许多有趣的图，真使我应接不暇！我也曾听见尧、舜、周公的名字，却不晓得他们是哪样的一个神气；我也知道上海、万里长城，而上海与万里长城的真实印象，见了这些画后方才有些清楚。祖父回来了，我连忙拿书到他跟前，指点给他看，这是尧，这是周公。呵，在这个夏天里，我不知怎样的竟成了一个勤读的孩子，天天捧了这些书请教三叔，请教祖父，似欲窥那这些书中的秘密，这些图中的意义，我的有限的已认识的字，真不够应用，然而在这个夏天里我的字汇却增加得很快。第一次使我与广大外面世界接触的，第一次使我有了科学的常识，知道了大自然的一斑一点的内容的，便是三叔给我的这些红皮面绿皮面的教科书。三叔使我燃起无限量的好奇心了！这事我很清楚的记得，我永不能忘记。他还和祖父商量着，要在暑假后，送我进学堂。而他给我的一打铅笔，几本簿子，在我也是未之前见的。我所见的是乌黑的墨，是柔软的乌黑的毛笔，是墨磨得淡了些，写下去便要晕开去的毛边纸、连史纸。如今这些笔，这些纸，却不用磨墨便可以写字了，不必再把手上嘴边，弄得乌黑的，要被母亲拉过去一边说着，一边强用毛巾把墨渍擦去。而且我还偷偷的在簿子里撕下一二张那又白又光的厚纸下来，强着秋香替我折了一两只纸船，浮在水缸面上，居然可以浮着不沉下去，不比那些毛边纸做的纸船，一放上水面，便湿透的，便散开了。呵，这个夏天，真是一个奇异的夏天，我居然不再出去和街上的孩子们"摛钱"了，居然不再和姊妹以及秋香们赌弹"柿瓤子"了。我乱翻着这些教科书，我用铅笔乱画着，我仿佛已把全个世界的学问都握在手里了。三叔后来还帮助我不少，一直帮助我到大学毕业，能够自立为止，然而使我最不能忘记的，却是这一个夏天的这些神奇的赠品。

二叔景止也不常在家。他常常在外面跑。他的希望很大，他想成一个实业家。他曾买了许多的原料，在自己家里用了好几个大锅，制造肥皂，居然一块一块造成了，却一块也卖不出去，没有一个人相信他所造的肥皂，他们相信的是"日光皂"，来路货，经用而且能洗得东西干净。于是二叔景止便把这些微黄的方块的都分送了亲戚朋友，而白亏折一大笔本钱。他又想制造新式皮箱，雇了好几个工匠，买了许多张牛皮，许多的木板，终日的在锯着，敲着，钉着，皮箱居然造成了几只，却又是没有一个人来领教，他们要的是旧式的笨重的板箱或皮箱，不要这些新式的。他只好送了几只给兄弟们，自己留下两只带了出门，而停止了这个实业的企图。他还曾自己造了一只新的舢板船，油漆得很讲究，还燃点了明亮亮的两盏上海带来的保险挂灯。这使全城的人都纷纷的议论着，且纷纷的来探望着。他曾领我去坐过几次这个船。我至今，仿佛还觉得生平没有坐过那么舒服而且漂亮的船。这船在狭小的河道里，浮着，驶着，简直如一只皇后坐的画舫。然而不久，他又觉得厌倦了，便把船上的保险挂灯、方桌子、布幔，都搬取到家里来，而听任这个空空的船壳，系在岸边柳树干上。而他自己又出外漂流去了。他出外了好几年，一封信也没有，一个钱也不寄回来，突然的又回来了。又在计划着一个不能成功的企图。在我幼年，在我少年，二叔在我印象中真是又神奇、又伟大的一个人物，一个无所不能的人物。他不大理会我，但我常常在他身边诧异的望着他在工作，我有时也曾拾取了他所弃去的余材，来仿着他做这些神奇的东西。当然不过儿戏而已，却也往往使我离开童年的恶戏而专心做这些可笑的工作，譬如我也在做很小的小木箱、皮箱之类。

然而最使我纪念着的，还是五叔春荆。

三叔常在学校里，两年三年才回家一次，二叔则常飘流在外，算不定他什么时候回来，于是家里便只有五叔春荆在着。父亲也是常在外面就事，不大来家的。

说来可怪，我对于五叔的印象，实在有些想不起来了，然而他却是我一个最在心中纪念着的人物。这个纪念，祖母至今还常时叹息的把我挑动。当五叔夭死时，我还不到七岁，自然到了现在，已记不得他是如何的一个样子了，然而祖母却时时的对我提起他。她每每微叹的说道：

"你五叔是如何的疼爱你，今天是他的生忌，你应该多对他叩几个头。"这时祖先的神橱前的桌上，是点了一双红烛，香炉里插了三支香，放了几双筷子，几个酒杯，还有五大碗热菜。于是她又说起五叔的故事来。她说，五叔是几个叔父中最孝顺，最听话的；三叔常常挨打，二叔更不用说，只有他，从小起，便不曾给她打过骂过。他是温温和和的，对什么人都和气，读书又用功。常常的几个哥哥都出去玩去了，面他还独坐在书房里看书，一定要等到天黑了，她在窗外叫道："不要读了吧，天黑了，眼睛要坏了呢！"他方才肯放下书本，走出微明的天井里散散步。二叔有时还打丫头；三叔也偶有生气的时候，只有五叔是从没有对丫头，对老妈子，对当差的，说过一句粗重的话的，他对他们，也都是一副笑笑的脸儿。"当他死时，"祖母道："家里哪

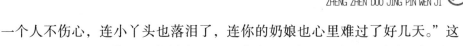

一个人不伤心，连小丫头也落泪了，连你的奶娘也心里难过了好几天。"这时，她又回忆起这伤心的情景来了，她默默的不言了一会，沉着脸，似乎心里很清楚。她道："想不到你五叔这样好的一个人，会死的那么早！"

当我从学堂里放夜学回家，第二天的功课已预备完了时，每到祖母的烟铺上坐着，看着她慢慢的烧着烟泡，看着她嗤、嗤、嗤的吸着烟。她是最喜欢我在这时陪伴着她的。在这时，在烟兴半酣时，她有了一点感触，又每对我说起五叔的事来。有一天，我在学堂里考了一次甲等前五名，把校长的奖品，一本有图的故事集，带了回家。这一夜，坐在烟铺上时，便把它翻来闲看。祖母道："要是你五叔还在，见了你得了这本书，他将怎样的喜欢呢？唉，你不晓得你五叔当初怎样的疼爱你！你现在大约已经都不记得了吧？你五叔常常把你抱着，在天井里打圈子，他抱得又稳又有姿势。有一次，你二叔曾喜喜欢欢的从奶娘怀抱里，把你接了过来抱着。他一个不小心，竟把你摔堕地板上了，这使全家都十分的惊惶。你二叔从此不抱你。而你五叔就从没有这样的不小心，他没有摔过你一次。你那时也很喜欢他呢。见了你五叔走来，便从奶娘的身上，伸出一双小小的又肥又白的手来——那时，你还是很肥胖呢，没有现在的瘦——叫道：'五叔，抱，抱！'你五叔便接了你过来抱着。你在他怀抱里从不曾哭过。我们都说他比奶娘还会哄骗孩子呢。当你哭着不肯止息时，他来了，把你抱接过去了，而你便见笑靥。全家都说，你和你五叔缘分特别的好。像你二叔，他未抱你上手，你便先哭起来了。唉，可惜你五叔死得太早！"

她又说起，五叔的身上常被我撒了尿。他正抱了我在厅上散步，忽然身上觉得有一阵热气，那便是我撒尿在他身上了。那时，我还不到一岁，自然不会说要撒尿。他一点也不惜厌的，先把我交还了奶娘，然后到自己房里，另换一身的衣服。奶娘道："五叔叔，不要再抱他了，撒了一身的尿。"然而他还是抱，还是又稳重、又有姿势的抱着。我现在已想象不出那时在他怀抱中是如何的舒服安适，然而我每见了一个孩子睡在他的摇篮车里，给他母亲或奶妈推着向公园绿荫底下放着时，我每想，我少时在五叔怀抱中时一定比这个孩子还舒服安适。有一次，他抱了我坐在他膝上，翻一本有图的书指点给我看。我的小手指正在乱点着，乱舞着，嘴里正在呀呀的叫着时，忽然内急，撒了许多屎出来，而尿布又没有包好，于是他的一件新的蓝布长衫上又染满了黄屎。奶娘连忙跑了过来，把我抱开，说道："又撒了你五叔叔一身的屎！下次真不该再抱你玩了！"而他还是一点也不憎厌，还是常常的抱我。

祖母又说起，家里的杂事，没人管，要不亏五叔在家，她真是麻烦不了。一切记账，吩咐底下人买什么，什么都是五叔经管的；而他还要读书，常常读到天色黑了，快点灯了，还不肯停止。她又说起，我少时出天花，要不亏五叔的热心，忙着请医生，亲自去取药，到菩萨面前去烧香许愿，真没有那么快好。她说道："你出天花时，你五叔真是着急，天天为你忙着，书也无心念了，请医生，取药，还要煎药，他也亲自动手勺一直等到你的病好了，他方才放心。你现在都不记得了吧！"

真的，我如今是再也回想不起五叔的面貌和态度了，然而祖母的屡次的叙述，却使我依稀认识了一位和蔼无比、温柔敦厚的叔父。不知怎样，这位不大认识的叔父，却时时系住了我的心，成为我心中最忆念的人之一。

五叔写得一手好楷书；我曾见过他钞录的几大册古文，还见到一册他自己做的试帖诗，那些字体，个个都工整异常，真是一笔不苟，一画不乱。我没有看见过那么样细心而有恒的人。祖母说，他的记账也是这个样子的，慢慢的一笔笔的用工楷写下来。大约他生平没有写过一个潦草的字，也没有做过一件潦草的事。

祖母曾把他所以病死的原因，很详细的告诉过我们，而且不止告诉过一次。她凄楚的述说着，我们也默然的静听着。夜间悄悄无声，连一根针落地的响声都可以听得见，而如豆的烟灯，在床上放着微光，如豆的油灯，在桌上放着微光。房里是朦胧的如被罩在一层阴影之下。这样凄楚的故事，在这样凄楚的境地里述说着，由一位白发萧萧的老人家，颤声的述说着，啊，这还不够凄凉么？仿佛房间是阴惨惨的，仿佛这位温柔敦厚的五叔是随了祖母的述说而渐渐的重现于朦胧的灯光之下。

下面是祖母的话。

祖母每过了几年，总要回到故乡游玩一次。那时，轮船还没有呢。由浙江回到我们的故乡福建，只有两条路程。一条是水路，因"闽船"运货回家之便而附搭归去；一条是旱道，越仙霞岭而南。祖母不愿意走水路，总是沿了这条旱道走。她叫了几乘轿子，自己坐了一乘，五叔坐了一乘——大概总是五叔跟护着她回去的时候为多——日子又可缩短，又比闽船舒服些。有一次，她又是这样的回去了。仍旧是五叔跟随着。她在家里住了几个月。恰好我们的祖姨——祖母的最小的妹妹——新死了丈夫，心里郁郁不快。祖母怕她生出病来，便劝她一同出来，搬到我们家里来同住。她夫家是一个近房的亲戚都没有，她自己又不曾生养过一个孩子，在家乡是异常的孤寂。于是她踌躇了几时，便也同意于祖母的提议，决定把所有的家产都搬出来。她把房子卖掉，重笨的器具卖掉，然而随身带着的还有好几十只皮箱。这样多的行李，当然不能由旱路走。便专雇了一只闽船由她，因为船上很清净，且怕旱路辛苦，便决意坐了船。祖母则仍旧由旱路走。有五老爹伴侣着她同走。五叔则和几个老家人护送了祖姨，由水路走。船上一个杂客也没有，一点货物也没有。头几天很顺风，走得又快，在船上的人都很高兴。祖姨道："这一趟出来，遇到这样好风，运道不坏。也许要比走旱路的倒先到家呢。"海浪微微的抚拍着船身，海风微微的吹拂着，天上的云片，如轻絮似的，微微的平贴于晴空。水手高兴得唱起歌来。沿船都是小小的孤岛，荒芜而无居民。有时还可遇见几只打渔的船。这样顺利的走出了福建省境，直向北走，已经走到玉环厅的辖境了，不到几天便可到目的地了。突然，有一天，风色大变，海水汹涌着，船身颠簸不定，侧左侧右。祖姨躺在床上起不来，五叔也很觉得头晕。天空是阴冥冥的，似乎要由上面一直倾落下来，和汹涌的海水合而为一，而把这只客船卷吞在当中了。水手个个都忙得忘记了吃饭。他们想找一个好海湾去躲避这场风浪。又怕遇到了礁石，又不敢离岸过远。这样的漂泊了一天两天，天气渐渐的好了，又看见一大片蓝蓝的天空，又看见辉煌的太阳光了。船上的人，如从死神嘴里又逃了出来一样。正在舒适的做饭吃，正在扯满了篷预备迎风疾行时，忽然船底嘭的一声，船身大震了一下，桌上的碗和瓶子都跌在船板上碎了。人人脸如土色，知道是触礁了。祖姨脸色更白得死人般的，只道："怎么办呢？怎么办呢？"五叔也一筹莫展。船上老大进舱来说了，说这船已坏，不能再走了，好在离岸很近，大家坐舢板上岸，由旱路走吧。船搁浅在礁上，一时不会沉下去，行李皮箱，等上岸后再打发人再取吧。祖姨只得带了些重要的细软，和五叔老家人们都上了舢板。这岸边沙滩上水很浅，舢板还不能靠岸。于是所有的人，都只好涉水而趋岸。五叔把长衫卷了起来，脱了鞋袜，在水中走着，还负着祖姨一同上岸。遇了这场大险，幸亏人一个都没有伤。祖姨全副财产，都在船上，上了岸后，非常的不放心，她迫着五叔去找当地的土人代运行李下船。然而，这些行李已不必她费心顾虑到。沿岸的土人，一得到有船搁礁的消息，便个个人都乘了小舢板，到了大船边。上了船，见了东西就搬，搬到小舢板不能载为止。有的简直去了又来，来了又去，连运了三四次。大船上的水手们早已走了，谁管得到这些行李！等到五叔找到搬运的人，叫了几只舢板，一同到大船上时，已经来迟了一步，几十只皮箱，连十几张椅子，几张细巧的桌子、茶几，等等，还有许多厨房里的用具，都已为他们收拾得一个干净了，剩下的是一只空洞洞的大船。祖姨气得几乎晕了过去，她的性命虽然保全，她的全部财产却是一丝一毫也不剩了。她的微蹙的眉头，益发紧紧的锁着。她从此永无开颜喜笑之时了。五叔先从旱路送了祖姨到家中，留下两个老家人在催促当地官厅迫土人吐还祖姨的皮箱。经了五叔自己的屡次来催索，经了祖父的托人，当地官厅总算提了几个土人来追索，也居然追出了三四只皮箱。然而还是全乡的人民的公同罪案，谁能把一乡的人民都提了来呢？于是这个案子，一个月，一个月，一年，半年的拖延下去，而祖姨的财产益无追回的希望了。

为了这件事，祖母十分的难过，觉得很对祖姨不住。现在祖姨是更不能回家了。只好紧锁着双眉，在我们家里做客。不到两年，便郁郁的很可怜的死去了。而比她先死的还有五叔！

五叔身体本来很细弱，自涉水上岸之后，便觉得不大舒服，时时的夜间发热，但他怕祖母担心，一句话也不敢说。没有人知道他有病。后来，又迭次的带病出去，为祖姨的事而奔走各处。病一天天的深，以至于卧床不能起。祖母祖父忙着请医生给他诊看，然而这病已是一个不治的症候了。于是到了一个月后，他便离开这个世界了。他到临死时，还是温厚而稳静的，神智也很清楚。除了对父母说，自己病不能好，辜负了养育的深恩而不能报，劝他们不要为他悲愁的话外，一句别的吩咐也没有。他如最快活的人似的，平安而镇定的死去。祖母至今每说起五叔死时的情形，还非常的难过。她生平经过的苦楚与悲戚也不在少数了：祖父的死，大姑母的死，二叔的死，父亲的死，乃至刚生几个月的四叔的死，都使她异常的伤心，然而最给她以难堪的悲楚的，还以五叔的死为第一！在她一生中没有比五叔的死损失更大了！她整整的哭了好几天。到了一年两年后，想起来还是哭。到了如今，已经二十多年了，说起来还是黯然的悲伤。她见了五叔安静的躺在床上，微微的断了最后的一口呼吸时，她的心碎了，碎成片片了！她从此开始有了几根白发，她从此才吸上了鸦片！

祖母常常如梦的说道："要是五叔还在，如今一定已娶了亲，且已生了孩子了！且孩子一定是已经很大了！"她每逢和几个媳妇生气时，便又如梦的叹道："要是五五还在，娶了刘小姐，怎么会使我生气呢！"她还常常的把她所看定的一房好媳妇，五叔的假定的媳妇刘小姐提起来，她道："这样又有本事，又好看，又温和忠厚的，又孝顺的媳妇，可惜我家没福娶了她过来！不知她现在嫁给了谁家？一定已有了好几个孩子了。"

她时时想替五叔过继了一个孩子，然而父亲只生了我一个男孩子，几个叔叔都还未有孩子；她只好把我的大妹妹，当作一个假定的五叔的继子，俾能在灵牌上写着："男〇〇恭立，"且在五叔生忌死忌时，有一个上香叩头的人。每当大妹妹叩完了头立起来后，祖母一定还要叫道："一官，快过来也叩几个头，你五叔当初是多么疼爱你呢！"

前几年，我和三叔同归到故乡扫墓时，祖母还曾再三的嘱咐我们，"要在五五墓前多烧化一点锡箔。看看他的墓顶墓石还完好否？要是坏了，一定要修理修理。"

我们立在荫沉沉的松柏林下，看见面前是一堆突出地上的圆形墓，墓顶已经有裂痕了，裂痕中青青的一丛绿草怒发着如剑的细叶。墓石上的字，已为风雨所磨损，但还依稀的认得出是"亡儿春荆之墓"几个大字。"墓客"指道："这便是五少爷的墓。"我黯然的站在那里。夕阳淡淡的照在松林的顶上，乌鸦呀呀的由这株树飞到那株树上去。

山中是无比的寂静。

1927 年 8 月 13 日写于巴黎

病室

　　外面是无边的黑暗，天上半颗星儿都没有，北风呼呼地吹着，伸出檐外的火炉的烟通，被吹得咯咯作响。屋内秋迁、仲宣、亦公和子通，围炉而坐。炉火微红，薄酒半酣，花生的硬壳抛了一地，而他们的谈兴正浓。

　　秋迁似有所感的轻叹了一口气，说："人生是不可测的……今天晚上，是四个人围炉而坐，是喝着薄酒，吃着花生米，是高高兴兴的酣谈着。但谁晓得明天的事。也许我病了，也许你又遇到什么了。像亦公后天就要往南边去，今夜此乐，岂可再乎，人生是不可测的……谁看得见。……"

　　子通举了盛酒的茶杯说："今朝有酒今朝醉。尽说这些扫兴的话做什么！干一杯，秋迁！"

　　亦公也说："秋迁要罚干一杯！此地只宜谈风月，说什么渺茫而辽远的人生，人生！"他也举起了他的茶杯。

　　秋迁神情不属的，并不答理他们，似乎沉入深思。

　　炉边的伴侣，一时都沉静而败兴。

　　寡言的仲宣问道："秋迁，你在想什么？"

　　"我正想到一个人的事，觉得人生真是渺茫，真是不可测之极了！"

　　子通盛气的说道："人生有什么不可测的。我们向前走，我们自己的前途，明显的展开在那里。种什么子便开什么花，一点也不会错。有什么不可测的，高的，远的，深的，我们都不必问，我们只切切实实的生活着，努力着好了。如走山上岭一样，走了一段，似乎山顶就在面前，却还要再走一段，

再走一段，再走一段。这样一段段向前走的精神，把人生弄得光明了，灿烂了。走路，只要走路，便是人生，便是幸福。空想者是最苦恼的人，忧天堕的杞人是绝顶的傻子，聪明人是不断地向前走着。……"

秋迁挡住他再说下去，笑道："你的话不差，但这样冠冕堂皇的理论，须得到公共讲台上讲去。我所感触的却是事实的诏示。譬如疾病……"

子通又抢着说了："就譬如疾病吧，虽说'生老病死'是人生四大苦，但就有人在疾病中得幸福的。你如果有了爱人，而你病了。沉寂的病室里，一缕金黄的日光射在地上，时钟嘀嗒嘀嗒响着，这其间你的爱人带了含苞的鲜花，以及医生所允许而你爱吃的食物来了。她双眉微蹙着，如薄雾里的春山，更显得美丽可爱；她坐在你的床沿，——如果你不病，她绝不会坐在你的床沿的——她低声的安慰着你，说些无关紧要的话，报告些无关紧要的消息，读些轻妙的诗篇。她竟会这样坐在你的床沿大半天。——如果你不病，她绝不会留得这么久的。她心里是泛滥着爱的轻愁，你心里是泛滥着爱的愉悦。爱神站在你枕头上微笑着，她送来的花朵站在床边小桌上的胆瓶里也微笑着。她走了，你心里还泛滥着愉悦，你脸上还泛滥着微笑。这不是'偶然小病亦神仙'么？如果你没有爱人，那么，年少美貌的看护……"

亦公笑道："好了，子通他自己在画招供呢，你们听听看。"

秋迁道："别再打岔了，我的话还一句没说呢，我说的也正是爱神，也正是疾病，却不是一个微笑的故事，如子通所说的。这个故事里的主人翁，可怜没有子通那么好的幸福，他为了他的病，……唉！我不忍说他！"

亦公道："你说吧，不准子通再来插嘴。他再来多话，等我来封闭他的小嘴！"

子通对他白白眼。

秋迁叹道："说起这个故事里的主人翁呢，想你们几位都也认识的。他便是苹涧。"

子通道："自从五年前分别后，我没有再见过他。听说他近来住在上海，生着肺病。现在怎样了？"

亦公道："我去年经过上海时，还曾见过他一面。他事情很忙，身子很瘦弱，还时时干咳着。"

秋迁道："现在他的病更深了。上个月我在上海时，曾到他家里去过几次。临行时，还到他家里去告别，他躺在床上，握着我的手说道：'秋迁，再见。你下次南来时，绝不会再见到我了。我自己想想，大约不会再见两三度月圆了。'他随又叹道：'苦生不如善死！这无用的躯壳多见几次日出月落又何必！见到北京诸友，烦告诉他们说，苹洄是不能再见他们了！'他桌上还放着我们几个人在香山璎珞岩下拍的照片。他回头见到这张照片，不禁凄楚的长吟道：'当时年少春衫薄……'我的眼眶里几乎盛满了热泪，我哪忍立刻离开了他。我真想不到我们豪气盖世的苹洄，竟落得这样凄惨的下场！"

秋迁的声音有些颤抖了，眼眶边有几点泪珠，在灯光下熠耀着，炉中新添了煤，火光熊熊的。户外北风似乎急了，铅皮的烟通，不住的咯咯地的响着。

"现在离了他又有一个多月了，哪晓得他还在人间吐吸着那一丝半缕的气呢，还是已经安眠在绿草黄泥之下了。我那时真不忍离开他；多耽搁一刻就是一刻不会再有的时光。我们要说千万句话，而都格在心头，格在喉头，一句也说不出。我们默默的相对。我不忍正视苹洄的脸。你们想，他在北京时是多么潇洒清秀的一个少年。脸色是薄薄的现着红润，浓黑的柔发，一小半披拂在额前。暮春时节，他穿了湖色的绸衫，在北河沿高柳下散步，微风把他的衣衫拂拂的吹起，水影里是一个丰度绝世的苹洄。他的朗朗如银铃的声音，哪一次不曾吸住了朋友们的听闻，不曾难倒了反对方面的意见。他的理解力，办事的才干，又哪一件不超越过我们？子通，你的事，要不亏他替你设计，替你策划，替你奔走，你哪里会享到现在的艳福，子通，恕我不客气的这样说。——而今呢？相隔不到五六年，他完全换了一个人了；青春的气概不再有了，美秀的容颜消失了，翩翩的风度灭绝了。如今与其说他是'人'，不如说他是一具活骸。走一两步路都要人扶挟，双腿比周岁的孩子还软弱，说话是不上三五句便要狂咳。脸呢，我不忍形容，比干枯的骷髅只多了一层皮，只多了一双失神的大眼，两排的牙齿是崭崭的露着。他那双手，也瘦得如在 X 光底下照出的，握住它，如握住了几根细木。唉，当年的苹洄，如今的苹洄，人生是可测的么？我不忍正视他的脸，我避开他，在他屋里四望着。屋里是比前一次我来这里时更混乱龌龊了。床前的痰盂，盛着他一丝丝的带血的痰块的，有好几天不曾拿出去换水了。桌上的瓶花，干枯如同床上的主人，已有几瓣变了色的花瓣落在桌上，也没有人来收拾了去，画片上、桌上、窗户玻璃上，满是灰尘。地上废纸、瓶塞乱抛着。床上的被窝，显见有好几天不曾整理过。几张桌子上都散乱无序的放着药水瓶、报纸、杂志、诗集、小说，还有咬剩半块的苹果，吃剩了半支的香烟头。靠近房门边，又放着一张小的单人床，那是他夫人睡的，被褥也散乱的放着，没有折迭起。

"'你的夫人呢？'我不觉顺口问他。

"'还不是又出门去了！'他说着，深深的叹了一口气。'她哪一天曾在家里留着过。总是早出晚归，抛我一个人在床上。饭是老妈子烧好了端来放在桌上，也不管我吃不吃，也不问我要吃什么，'说到这里，一阵急咳把他的话打断了。至少咳了两三分钟，脸上涨得通红；慢慢的喝了我递给他的一杯水，方才复原。'倒药水也要自己做，要水要茶，喊了半天还没有人来。房里沉寂如墟墓。你看我还有一口气，其实是已死的尸体，被放在这空阔的'棺室'里。倚着枕，看见日光由东墙移到地板上，再移到西墙；看见窗外那株树的阴影，长长的照在天井里，渐渐的短了，又渐渐的长了。看见黑猫懒懒的睡在窗口负喧；走了，又来，黄昏时，又走了。那墙上的挂钟，已经停了三天了，也没有人去开……"又是一阵狂咳迫着他，停止了他的话。

"我后悔不该问了他那句话致引动他的愤慨。我只得又倒了半杯水给他喝，劝他道：'不要多说话了，多说话是于你有害的，息息吧。'

"他说：'不，谢谢你。我已看得很清楚我的运命了；死神的双翼，已拍拍的在半空中飞着，他的阴影半已罩在我的脸上。不在这还能说话时对好友多说几句，再也没有时候可说了，而况你明天就要走了，现在是最后一次听见我的话声了。……'

"外面有人敲大门。接着便听见女人的口音问道：'黄妈，有客人在房里么？'她随即进了房门。这便是他的夫人紫涵。把她和苹润一比较，是可惊异的差歧：一个是充满了生气，虽然双眉紧蹙着，脸上现出几分憔悴的样子，而掩不住她的活泼、灵动和血气的完足；一个是，刚才已经说过了，与其说他是'人'，不如说他是一具'活尸'，只剩了奄奄一息。她坐在床沿，和我敷衍了几句后，便低了头，沉默着。

"房里寂如墟墓，暮色隐约的笼罩上来，我便立起来说道：'太晚了，不坐了。苹润，好好的保重自己！再见，再见！'握了握他伸出的小手，轻轻的。他凄声的说道：'再见，恕不能起来送你。'

"我心里沉沉的，重重的，似沉入无底的深渊，又似被千万石的铅块压住，说不出的难过。这凄楚的情绪，直把我送到北京，还未完全消失。"

亦公道："他们俩不是前年冬天在上海开始同居的么？我还记得他们俩刚刚同居时是如何的快乐。每个星期日的午后，苹涧总和她同游环龙花园；如一对双飞的蛱蝶似的，在园中并肩紧靠着走，并肩紧靠着坐在水边，甜蜜蜜的低语着。春天似乎泛溢在他们俩的脸上，春光几乎为他们俩占尽。垂柳倒映在池面，他们俩也倒映在池面。并坐着，低语着，手互握着。不知羡煞了几何走过这一对鸳鸯面前的男女。不料结局却是如此，真是想不到的。"

仲宣道："爱情比蛱蝶还轻，飞到东，又飞到西，这是常事。"

秋迁叹道："也不能怪紫涵，我们要设身处地替她想。一个将死的病人，一间沉寂如墟墓的病室，能把一个活泼、灵动、血气完足的青年女子终天关闭、拘留在那里么？我初到上海，第一次去看苹涧时，他已经病得不轻了，但还没有睡倒在床。他终日坐在廊前晒太阳，看看轻松的小说和诗歌。紫涵也终日陪伴着他坐着。时时忙着替他拿药水，拿报纸，拿书，拿茶，拿痰盂。他的脾气却一天天的随了身体而变坏，动不动便生气，一点小事不对，便不留情的叱骂她。茶太冷了，书拿得不对了，牛奶沸得太慢了，件件事都骂她，仿佛一切事都是她有意和他为难。而骂了几句后，便狂咳不已。

"'我病得这样了，你还使我生气。恨不得叫我早一天死，你才好早一天再嫁别人！'像这样的话也常常骂着。有一天，紫涵偷空跑到我家里，向内子告诉了大半天，几乎是连哭带说的，不知她心里是如何冤苦、忧闷、悲伤。她道：'为了他，我什么苦都肯吃。我见他一天天的消瘦下去，恨不得把我的肌肉割补给他。我一天到晚侍候着他，而他总没有好脸对我，不是骂，便是叱，而且什么重话都骂得出口。我从孩子时候起，活了二十多岁，哪曾受过这样的骂，哪曾吃过这样的苦！我为了他是病着，一句话也不敢回答。有苦只好向自己腹里吞，有冤屈只好背地里自己流泪悲伤。为了他的病，我几曾安舒过一天，安睡过一夜。我向来不信佛，不信神；而今是许愿、求签，什么事都来。我愿冥冥中的大神，早一天赐给我死，而把我的余年给了他。我的苦吃够了，人生的辣味也尝够了，真不如死了好！而他这几天来，更无时无刻不和我生气。医生戒他不要多说话，他却终日骂人，骂了便要咳嗽，这病哪里会好！还不如我避了他，使他少生些气好。'她更漫长的叹了口气，如梦的说道：'过去的美境，过去的恋感，如今辽远了，辽远了。未结婚时，他是如何的殷勤，我要什么，半句话还没有说完，他连忙去代我拿来了；结婚后，他是如何的温存，只有我嗔他埋怨他的份儿，他哪里有对我回说半句重话。而今这幸福已飞去了，辽远的辽远的飞去了，不再飞来了。只当是做了一场美梦，可惜这美梦太短了，太短了！'她愈说愈难过。回忆勾起她万缕的愁恨，不禁伏在桌上呜咽的泣着。良久，良久，才抬起了头，说道：'这样的生，不如死好！'泪珠一串串的挂满了她的脸，内子只有陪着她叹息，一句劝慰的话都说不出。

"后来，听见内子说，苹涧是一天一天的，生气时候更多了。紫涵为了免他见面便动气之故，只好白天避开了他。我第三次去看苹涧时，紫涵果不在家里。他独自睡在床上。房间里是如此的阴惨、沉寂，似乎只有盘伏在窗口负喧的黑猫是唯一的生物。这里的时间，一刻一秒似乎有一年一月的长久。我不知沉浸在病海中的苹涧将如何度过这些悠久沉闷的时间。他也叨叨罗罗的告诉我许多关于紫涵的话，而最使他切齿的便是她天天出外，太阳没有晒进屋便走了，太阳已将落山还未归来，抛他一个人在家，独自在病海中挣扎着。他微吟道：'多病故人疏！不，如今是，多病妻孥疏了！'他脸上浮着苦笑。

"对墙挂着一幅放大的他们俩的照片，背景是丝丝的垂柳，一塘的春水，他靠在她肩上，微笑着。在他们俩的脸上都可看出甜蜜的爱情和青春的愉乐是泛溢着。

"这是一个永不再来的美梦。"

秋迁凄然的不再说下去。屋里的四个人怅然的相对无语。

炉火微红，北风狂吼，伸出檐外的烟通被吹得阁阁的响着。外面是无边的黑暗。

一片片的白雪，正瑟瑟的飘下。屋瓦上，树枝上已都罩了一层薄薄的白衣。

1927 年 8 月 2 日在巴黎

元荫嫂的墓前（一）

　　二婶全家由北京搬到上海来不到两年，三哥元荫的妻便得病死了。我常到二婶家里去，元荫又是我们兄弟辈中和我最说得来的一个。但三嫂，元荫的妻，我在两年来却只见到三四面。她不大出来见人，终日的躲在房里。她在我的印象里，只是一个脸色惨白，寡言少笑的少妇，身材和脸型都很清秀玲珑而已，元荫是一个忠厚不过的人，惯于受人欺负的。没有一个朋友或兄弟，曾当他是一个同等的人的。他们一见了他不是明讥，便是暗嘲，几乎当他是一个玩物，一种供人取笑的东西一样。他从不生气，也不回报，只是默默无言的置之不理。我是不会如此的取笑人的，有时反替他出了几次气，所以他对我的感情特别的好。有什么事总来和我商量。他也译写些小说童话之类，译完了总要拿来，很谦虚的要我校改指正。我拿了他的译稿在仔细的看，他立在我旁边，似乎很彷徨不安的把眼光也随了我的眼光而往下看。他的中文实在不能达意，把原文的意思也常常弄错了。我不时把眼光盯注在几行译文上，他便知道这里一定是说不大通了，便连忙低声而忙乱的说道："这个地方我也觉得不大对，请你改一改，改一改。"他的身材很矮，立在我身边，真如一个孩子一样，而他的语音也真如一个孩子，声带尖脆而发音迅快。他永远是很忙乱的，眼又近视，走在车马多的路上真是很不相宜。他和他的妻似乎感情很好，从不曾吵嘴拍桌子的闹过。自他的妻死后，他终日的哭丧着脸，走路也格外的迟钝了，翻译也有好久不曾拿来给我看了。他虽不曾对别人提起他对于妻的忆念，我们却都知道他心里是如何的凄楚难堪。

他的妻死后，便葬在郊外的公共墓场里。他每个礼拜天上午，必定很远很远的由家跑到墓场里，去看望他的妻的墓。这几乎成了他的刻板的功课，他的风雨不移的程序。有一个礼拜天午后，我到二婶那里坐坐。雨丝如水帘似的挂在窗外，阶前几株小美人蕉的花和叶，几乎为重重的雨点所压而坠下。元荫全身是水的从大门外走进来。鞋子似已湿透了，干的地板给他的足一踏上，便明显的现出一个个的足印。

我道："三哥那么下雨天气到哪里去？又不带伞？"

他母亲很不高兴的说道："你猜还会到哪里去！还不是上坟去！去了一个上午了，到此刻才回来，饭也没吃，下雨也不知道，没看见过那么大的人了，还是如此的痴心！"

她转头望着他厉声的说道："家里的饭早已吃过了，一家人怎能等你一个！你自己到厨房里告诉李妈，弄一碗炒饭，再弄一碗紫菜汤去吃。别的菜都已经没有了。"

他默默无言的向厨房走去。他母亲又教训小孩子似的说道："还不去把鞋袜换了？湿漉漉的泥足，把地板都弄脏了。"

我很为这个"痴心"的三哥所感动。

有一个礼拜天，天气很好，太阳光在地上、墙上、树叶上跳跃着，小麻雀唧啾唧啾的在天井里找寻食物，墙角一丛玫瑰花，新绽开了好几朵，花瓣如火似的怒红，又似向了朝阳微张着笑口。五姊久已约我在这几个礼拜天里，陪伴她到三伯墓上探望探望。前两个礼拜天是阴天，上个礼拜天又下雨，只有这个礼拜天却是晴明的天气。我便陪了五姊坐了马车同去墓场。在墓场门外花铺里买了一大束三伯生前所喜的蜜黄色的玫瑰花，插在墓前的石瓶里。好几个礼拜没有来，泥地上葱翠的小草，已长到足面以上了。五姊立在墓前，沉默的如有所思，我陪她站着，心里也不禁有一种说不出的凄楚；四望都是白石的墓碑和美丽的小石像；在这样的一小方的墓石下面，便埋葬着一个活泼泼的青年，或一个龙钟的老叟，或一个秀丽的姑娘，或一个肥胖聪明的孩子。照在太阳光下而闪闪发光的白杨树的绿叶，迎风颤动着。什么声音都没有。偶然有一二个穿着黑衣的少妇或老妇走过我们前面，那足步踏在砂泥路上，廓廓的作响，益显出这里的凄静。我偶然抬起头来，看见矮小的元荫又站在离此数十步外的他的妻的墓前了。不知他什么时候竟无声无响的走进来。

他默默的站在那里，不知在想什么，似乎除了前面的墓石墓碑外，再也看不见四周的别的人物。黄澄澄的太阳光射在他脸上，显出他的不能形容的隐藏的殷忧。

"元荫又来了，"我轻轻的对五姊说。

她道："还不是每个礼拜天必定要来的。我们走吧，不必去照呼他了，省得打扰了他的思念。"

我们悄悄的打他身边经过，他竟没有看见。我在小路角上回头望了望他，他还是默默的站在那里。眼光凝注在他的妻的墓石上，似乎这样的专诚的等候，竟可以使他的妻复活起来和他叙话一样。

我出墓场大门时，对五姊说道："像这样的一个痴心男子也真少见。至诚人一定是一个大傻子，这句话一点也不错。"

五姊双手握住了马车的小铁杆，踏上了车，我也跟着上车了，对车夫道："回去。"马蹄，在绿荫的静路上飞跑着。五姊叹了一口气的说道："可惜他的妻不值得他如此的思念；她竟不接受他的如此的思念呢。"

我心里很疑惑，但知道这里一定有一段故事在着，便要求五姊把他们的始末叙说出来。五姊道："论理，人已死了，我们不应该再去说她。但这事，亲戚中大都是知道的——你常在学校里，亲戚中的家事当然是不会晓得的——说说也不妨。这是人世间千万个悲剧中的小小的一个，也许值得我们为之轻叹一口气的。我们也实在不能苛责她。"

马蹄有规律的一起一落，车子离闹市还很远呢。五姊便滔滔不绝的说着。我们说的是乡谈，车夫不会懂得的。

下面都是五姊的话。

你见过元荫的妻三嫂么？你一定是在她到了上海后才见到的。她在上海时候，已经是一个憔悴不堪的少妇了。他们家住北京的时候，我也在北京，那时她刚做新嫁娘不久，她的丰韵与你所见到的她，真是全不相同呢。长圆的一张鸭蛋脸，眉目口鼻，都长得清秀玲珑，说不出的可爱；双颊上微微的从肤里透泛出红色来，衬着那嫩白的皮肤，真是"着粉则太白，施朱则太赤"；一双水汪汪的黑眼，活现出一个聪明利落的人来。一双手洁白而美润，如白玫瑰的花瓣。我头一次见到她，便觉得亲戚中再没有一个比她美好的少妇了。但嫁了像元荫那么的一个忠厚而委琐的人物，我也不禁代她叫屈。她怎么会嫁给元荫，元荫怎么会娶到这么美好的一个妻，那是一个神秘，我们永远不会猜透的，也许便是月下老人在那里作怪吧。她还会看书，写浅近的字条信札。她的字当然不太好，但方整而有秀气。她曾对我说，她很想进学堂去念书，但她父母总不答应，说，女孩儿不必进什么学堂，不必念什么书，只要认识几个字，会写写信，记记账便够了。她很后悔，当时不曾争执着要进学堂。如果进了学堂，也许可以自立了。

她待人是如此的和气，从不曾说过一句重言粗语。元荫得了这样的一个妻，当然是痴心痴意的爱重她了。我们也看不出她对元荫有怎么不满意，但也并不十分亲热，只是冷冷的，淡淡的。她很喜欢又麻雀牌，亲戚间有什么喜庆宴会，在许多桌的牌桌之间，她总占了一个座位。她很静定的很有工夫的打着牌。在家里她不大开口说笑，只有在这样的热闹场面上，她才称心称意的有说有笑。她不大输钱，有时，反赢钱，总是赢的多，输的少，所以二婶也不大干涉她的赌博。所以她竟能有牌必打，有招必到。她的"牌德"是很高尚的，大家都很爱和她一桌打牌。她不像别的赌手一样，一输了几块钱便要发火，埋怨东，埋怨西，一有了几牌不和，便要呻呻的骂牌，穷形尽相的着急不堪。她只是和和平平的不动声色的摸牌、打牌、和牌。

便在这样的牌桌上，她第一次遇见了容芬。容芬，你一定认识他的，他是二婶的侄儿，一个人品很漂亮，且很有本领的人，只是略略的觉得荒唐一点。他在家时常常好几夜在外游荡着不回来。

（容芬，我和他是很熟悉的，想不到这故事竟与他有关。）

她那一天是到二婶娘家里去拜祝二婶的大嫂的寿诞的。容芬离家很久，到他母亲寿诞的前几天才赶回来祝寿。白天和黄昏，他在外招待男客很忙碌，竟没有进上房来。到了午夜的时候，男客逐渐的散去了，上房的女客们也散去了一大半，只有几个爱打牌的女客，还在那里兴高采烈的打着牌。牌桌旁边围住了一大堆的旁观者，这都是等车子的客人或家里的人。容芬在这时由外面走了进来。他母亲问他道："外面的客人都散了么？"他一面答道："都散了，"一面挤进旁观者的圈中，也在看着。他初见元荫嫂，觉得是一个生客，但显然是为她的清秀玲珑的美貌所吸引住了。坐在她对面打着牌的是他的妻。他便走过去对他的妻道："你打了一个整天了，也让我打几牌吧。"他的妻立起身来让他，并对他说道："这里有一位客人，你不认识的。她是元荫嫂，去年冬天才过门的。"他对她点点头，她也略立起来一下，微羞的低了头，然后再坐下去。他们这样的打着牌，渐渐的熟悉了，渐渐的说话了。他似乎打得非常的高兴。他提议要打到天亮，整夜不睡。她说，不能打了，晚上已经太迟了，一定要回去。坐在她上手的黄太太笑道："还是新娘子的样子，分离一夜也不肯！"她羞得不敢再多说话，脸上薄薄的加罩上一层红晕，照在灯光下面，是说不出的秀媚。黄太太又道："容哥是难得在家打牌的，凭着他打一夜也不要紧。"又对立在那里旁观的二婶和元荫道："二婶婶先回去吧，荫哥也不用等了。新娘子今天晚上不回去了。"元荫讷讷的不能发一言，只有二婶道："不怕辛苦，打通夜也不要紧。"于是他们便这样的一圈又一圈，一牌又一牌的打下去，直到了客人都散尽了，旁观者都没有了，连侍候的小丫头和老妈子也各自去睡了，他们还在嚸嚸啪啪的打着牌，摔悉摔悉的洗着牌，直到了天色微亮，隐隐的有雄鸡高啼的声音时才散局，而老妈子已在起身烧茶打脸水侍候着他们了。

这是他们第一次的相见，谁也没有起过什么疑虑。他们究竟在这个第一次的长久的见面里，有没有种上很深的印象，除了他们自己我们也不能晓得。但自此以后，容芬几乎天天的上二婶家里去，总坐了很久很久才走，还不时向二婶吵着要凑"脚"打牌。当然，元荫嫂在这样的牌局里是一个预定的必有的一"脚"了。他又不时的要求他的妻请了几个人到自己家里来"打小牌"，——当然元荫嫂也必是被请者之一了——到了牌桌一铺好，他便抢先的坐下来。名义上说是他的妻打牌，其实是他自己打牌。他的妻往往因此不高兴，但因为平常服从他惯了的，也不敢说什么。他和元荫嫂因此常常的见面，常常的说说笑笑，一点忌讳也没有；元荫嫂也不再像初次见面时那样的带着羞涩。她也还不时的明谑暗嘲着他，如一个很亲近的密友。仍然是没有一个人曾起过什么疑虑。打牌，那是最正当的聚会，牌桌上的笑谑讥嘲，那也是最平常的事。但未免使容芬的妻微微的起诧异的，便是：容芬从见了元荫嫂后，不再在外面留连一夜二夜的，而只要在家里抢小牌打打，而且打牌的兴致很高，这是从来未有的事。她不禁暗暗的高兴着他性情的这样的变迁。二婶也未免微微的起诧异，这便是，元荫嫂近来打牌的时候更多，而且总要深夜才回家，而且不打牌的日子，总要闷闷的坐在家里，表现着从来没有的闲愁深思。

　　容芬要走了，他不能在家久住，因为他局里公事太忙，不能离职过久。他到二婶家里辞行时，二婶又留着他在家里打小牌，吃便饭。在牌桌上大家觉到元荫嫂的懒懒的不高兴的情绪。黄太太问道："元荫嫂今天身体不大好？"她点点头道："略有一点头痛。"于是这牌局很早的便散了。第二天清早，元荫嫂梳洗了便出门，说是去找一位女友林太太，直到了傍晚才回，似乎情绪很激动，眼眶有一点红红的。然而也没有什么人注意到。没有一个人曾疑虑着会有什么事件要发生。

　　她在家里更是冷漠漠的，对于打牌也没有那么高兴了。元荫总是死心塌地的奉承着她。她对他却总是那副淡淡的，冷冷的脸孔，也不厌恶，也不亲切。

元荫嫂的墓前（二）

　　容芬离家了三四个月，仿佛是他自己运动着迁职至总局里来。总局是在北京，于是他可以常常住在家里。

　　自他到了北京后，牌局便又热闹起来。元荫嫂似乎对于打牌的兴致也恢复了。容芬仿佛完全变了一个人，晚上的朋友间的花酒局和牌局总是能推却的便推却掉，老早的便回家，或到二婶家里，和几个太太们打打小牌，——元荫嫂当然是在内——他母亲和他的妻很高兴他现在的能安分了，二婶也以他的变情易性为幸事。

　　有一天，二婶到东安市场去买东西，她仿佛看见元荫嫂在远远的走着，有一个男人，像是容芬的样子，和她并肩而走，说说笑笑，转入摊角不见了。她才开始有些疑心。以后，她每站在牌桌边，看见他们俩打牌时，神色总有些不对。时时互视而笑。因为有了疑心，于是一切都有可疑的痕迹了。她因此对于容芬的殷勤走动，也不大高兴理会他，总是冷板板的一副脸。当他嬉皮笑脸，要求她凑成牌局，在她家里打牌时，她总是百端阻挡。元荫嫂要出去打牌，也没有那么方便了。每次出外，她虽不说什么，总有些不高兴的样子，且再三叮咛她早回。这个神情，他们俩都是聪明人，当然看得出的。于是容芬在表面上是不大踏到她家里去了，元荫嫂除了有应酬外，也不大出外打牌了。然而他们却仿佛因了这样的隔离，反愈显得接近。有一天，元荫的弟弟从中央公园回来，他告诉他母亲说，他看见在公园的柏树下面，嫂嫂和容芬竟手牵手的站在那里，低低的说着话。他觉得很诧异。二婶再三的吩咐他不要多嘴对别人乱说。这一天下午,她便到娘家去,把这事私自告诉了她的嫂嫂,叫她约束容芬的行动。容芬的妻也知道了这事,竟悲切切哭了一夜。而她家里的牌局也不再有了。不知他们俩用了什么神秘的方法来互通消息;仿佛他们俩表面上虽见面极稀,而实际上仍是时时有的相会的。

有一天,二婶出去应酬了,说是到晚上才回来,元荫也有朋友约去吃晚饭了。只有元荫嫂一个人在家。二婶忽然觉得头晕,不能久坐,便很早的等不及上席便回来了。她敲了大门进去,看见容芬正从门里出来,见了她,脸上似有些不好意思。她把他叫住了,厉声问他为什么来这里,他唯唯讷讷的连忙走开去了。元荫嫂是脸红红的坐在自己房里。她来不及脱去新衣服,便絮絮叨叨的明讥暗讽的对元荫嫂教训了一顿,并说,以后再也不许容芬踏进大门口了。元荫嫂整整的哭了一夜,第二天,饭也没有起床来吃。元荫不知什么缘故,竟吓得呆了,再三再四的劝慰着她。她只是哭,并不理会他。他问他母亲,少奶为什么哭?二婶冷笑道:“我也不知道为什么,你去问你自己的媳妇好了!”这使元荫更迷惑难解。他对这事是一点消息也不知道的。过了几天,他仿佛也有些明白了,然而他是天生的懦弱的人,又是一味溺爱他的妻的,竟连一句谴责的话也说不出。见了她的终天闷闷不乐,反想了种种方法要使她高兴。

容芬从此绝迹于二婶之门,元荫嫂从此不大打牌,且不大出外应酬了。就是出外应酬或打牌,二婶也总跟了去,但她心绪似乎很不好,也实在不愿意打牌或应酬,宁愿躲在房里,在床上闷闷的躺着,即在应酬场中也没有从前那么伶俐可喜,和光照人。

亲戚们始而疑,继而一个个都知道这事了。渐渐的大家对于元荫嫂似乎都有些看不起的样子。她每次在应酬场中,似乎总有许多双冰冷如铁箭的讥弹的眼光,向她射来,同时,还仿佛听到许多窃窃的私语,也似乎都是向她而发的。她几乎成了一个女巫,成了一个不名誉的罪犯,到处都要引动人家的疑虑和讥评的了。她往往托辞头痛,逃席而归。仿佛她自己的小房间便是她最安全的寄生之所一样。一出了这个房间,社会的压迫和人世间的讥笑声便要飞迫到她身上来了。因此,不必她婆婆的留心防守,她自己也不高兴出大门了。

然而要把一对情人隔绝了,似乎比把海水隔开了一条路还难。鬼知道他们俩用什么方法通信或见面！总之，他们似乎仍是不时的见面。她婆婆不时的明讥暗骂，监视她的行动，比狱卒监视他们的囚犯还严密。她受了这样的待遇后，总要在房里幽泣了一天两天，绝食了一天两天。这使元荫非常的难过。他也几乎要陪了她而绝食。二婶因此益觉得生气，每每厉声骂元荫没有志气。然而元荫还是死心塌地的一味爱她，奉承她，侍候她。

有一天，她说是到姊姊家里去。去了一天，直到了深夜才归来。第二天，有一个亲戚说，他看见元荫嫂又和容芬在一处并肩走着了。她婆婆特地叫人到她姊姊家里一问，果然她昨天并没有到她家去。这使她婆婆益益的不能信任她，益益的监视得她严厉周密。

然而他们俩的关系似乎还是继续下去。她的行动竟非常的诡秘，使二婶防不胜防。二婶终日指桑骂槐的讽谕着她，她除了在房里幽泣之外，再不答说什么，然而过了几天，她又抽一个空出外了，似乎又是去和容芬相会。鬼知道他们用的是什么方法来通消息，鬼知道他们是设了什么计划来求会面的。"情人乃是大勇的人，"这句话真是不错，我想不到像元荫嫂这样的一个婉媚的少妇，在这个地方，乃竟能冒举世之不韪，而百计设法，诡变层出，这真是谁也想不到的！

有一天我去看望她去，我是亲戚中最少数的可怜她的境遇，而且能原谅她的衷情的一个。我在房里坐了一会；她没情没绪的坐在那里，脸色也惨白得多了，说话也不大如前的机警了。她桌上床头上放了许多小书。她说，她常常的把它们翻看，但往往看不了几页，便看不下去，仍把它们抛开了。房里是可以静出鬼来。据她说，有好久了，一个朋友也没有来过。她又低低地对我说道："我想，我不会活得长久的，像这样苦生，真不如死乐！"我劝慰了好久，但她摇摇头，叹道："你们好福气的人，永远不会知道我的苦楚的！"'我当时真是难过，几乎要伏在桌上哭出声来。我任怎样也不忍谴责她！我心里充满了怜惜，悲悯。可怜这样的一个美好的少妇竟要生生地断送在这样苦境之下了！我们两个人默默的相对；我偶然抬头，见窗外有两株桃花正天天烂烂的盛开着，蜜蜂在花间营营的忙碌着。春意似乎欲泛溢出天井外边来，然而她的房里却永远不会受到这个感应，她房里的空气是严肃枯寂如死的。我在她房里坐了许久才出来，二婶还对我骂了她许多不堪的话，我实在不忍听她的，几乎要掩耳而逃。

后来，他们搬到上海来了。临行的那一天，有人看见容芬在第二个月台上徘徊着，也不敢过来送别。不知他们俩究竟曾见最后的一面没有。

真的，是最后的一面！元荫嫂搬到上海后，竟不到两年便死去了。我想，这正如她自己所说的，她的死也许要比她的生快乐些。

听人家传说，自元荫嫂离开了北京后，容芬又回复了他前几年的原样子，喝酒，打牌，到妓院去，时时四五天不回家，而且，据说，酒喝得比以前更凶更多。

马蹄，有规则的一起一落，当五姊说完了以上的故事，我们的车子已经过了大马路，过了苏州河向北走了。

听了这样的一个小小的人间悲剧，竟使我不怡了好几天。我每见着元荫，我心里便觉得有一缕莫名的凄楚兜上心来。我永远记住这一个人间的小小的悲剧。

1927 年 9 月 7 日写于巴黎

赵太太

　　八叔的第二妻，亲戚们都私下叫她作赵妈——太太，孩子们则简称之曰赵太太。她如今已有五十多岁了，但显得还不老，头发还是青青的，脸上也还清秀，未脱二三十岁时代的美丽的型子，虽然已略略的有了几痕皱皮的折纹，一双天足，也还健步。她到了八叔家里已经二十年了，她生的大孩子已经到法国留学去了。她是一个异乡人，虽然住在福州人家里已经二十年了，而且已会烧得一手好的福州菜蔬，已习惯于福州人的风俗人情了，但她的口音却总还是带些"外路腔"，说得佶倔生硬，一听便知她并不是我们的乡人。除了她的不能纯熟自然的口音外，其余都已完全福州化了，她几乎连自己也忘了不是一个福州人。这当然难怪她忘了她的本乡，因为二十年来，她的四周都是福州人围绕着，她过的是福州人的生活，听的是福州人的说话，而且二十年来她的故乡也不曾有一个亲属，不曾有一个朋友和她来往过。她简直是如一个孤儿被弃于异乡人之中而生长的一样。

　　她之所以成为八叔的第二妻，其经历颇出于常轨之外，虽然至今已经是二十年了，虽然她生的大孩子都已经到法国留学去了；然而她为了这个非常轨的结合，至今还为亲友间的口实谈资。

　　当和她同居的时候，八叔并不是没有妻。八婶至今还在着，住在她自己生的第一个孩子四哥的家里。所以八叔和她的结合，并不是续弦，却又不是妾。讲起他们的结合来，却又不曾经过什么旧式的"拜堂"、新式的相对鞠躬、交换戒指等等的手续，只是不知在哪一天便同居了，便成了夫妻了，便连客也不曾请，便连近时最流行的花一块半块钱印了一种"我们已经于〇月〇日同居了"的报告式的喜帖也不曾发出。像这样简单的非常轨的结合，在现在最新式的青年间也颇少见，不要说在二十年之前的旧社会中了。所以难怪至今还为亲友间的口实谈资。

他们的结合之所以至今还为亲友间的口实、谈资者，至少还有另一个原因。这便是因为她出身的低微。她不是什么名门的闺秀，也不是什么小家的碧玉，也不是什么名震一时的窑姐，她只是一个平平常常的乡下人，一个平平常常的被八叔家里所雇用的老妈子。她也已有了一个丈夫，正如八叔之已有了妻一样。所不同的是，八叔和她结合，不必经过什么手续和八婶解决问题，而她则必须和她丈夫办一个结束，声明断绝关系，婚嫁各听其便而已。据说，她是一个童养媳，父母早已死了。她夫家姓赵，所以大家至今还私下管着唤她作赵妈——太太或赵太太。每逢亲串家中有喜庆婚嫁诸大事的时候，她便也出来应酬，俨然是一个太太的身价。然而除了底下人之外，没有一个人曾称呼她为某太太的。他们见面时，都以"不称呼"的称呼了结之。譬如，她向四婶告别时，便叫道："四太太，再会，再会。"四婶却只是说："再会，再会"，而她之对二婶便要说道："二婶婶，再会，再会"了。再譬如二婶前几个月替元荫续弦时，她曾一个个的吩咐老妈子去叫车，或已有车的，便叫车夫点灯侍候，当一班客人要散时她叫道："张妈，叫四太太的马车夫点了灯，酒钱给了没有？"或是说："太太要走了，快去叫车夫预备"之类，只是轮到了赵妈——太太，她便只是含糊的叫道："张妈，叫车夫点了灯。"而张妈居然也懂得。这个"不称呼"的称呼的秘诀，真省了不少的纠纷，免了不少的困难，而在面子上又不得罪了赵妈——太太。

赵妈太太也自知她在亲串间所居的地位的尴尬，所以除了不得已的喜庆婚丧的应酬外，无事绝不踏到他们的门口。她很自知不是他们太太们的伴侣。她只是勤苦的在管家，而这个家已够她的忙碌了，而在她自己的家中，她是一个主人翁，她是被称为"太太"的。

她是苏州的乡下人。她丈夫家里是种田的农户。因为她吃不了农家粗作的苦，所以到上海来"帮人家"。有人说，苏州无锡的女人，平均的看来，都是很美好的，即使是老太太或是在太阳底下晒得黑了的农家女，或是丑的妇女，也都另具有几分清秀之气，与别的地方的女人迥不相同。所以几个朋友中间，曾戏编了一个口号道："娶妻要娶苏州人。"有一个苏州的朋友说，所谓自称为苏州人的，大都是冒籍的，不是真的苏州人。别地方的人听不出她们口音的不同，在苏州人却一听便辨其真假。

说到口音，苏州的女人似乎也有独擅的天赋。她们的语音都是如流莺轻啭似的柔媚而动听的，所谓吴侬腻语，出之美人之口，真不知要颠倒了多少的男子。即使那个女人是黑丑的，肥胖的，仅听听她们的语声也是足够迷人的了，较之秦音的肃杀，江北腔的生硬，北京话的流滑而带刚劲者，真不知要轻柔香腻到百倍千倍。

这都是闲话，但赵妈——太太却是一个道地的苏州人，而且是一个并不丑的苏州女人，也许，仅此已足使八叔倾倒于她而有余了。她再有什么别的好处，那是只有八叔他自己知道的了。但她之所以使八叔对于她由注意而生怜生爱者，却也另有一个原因。

八婶是很喜欢打牌的，往往终日终夜的沉醉于牌桌上，家事也不大肯管。这也许是一种相传的风尚，还许竟是一种遗传的习性，凡是福州人，大都总多少带有几分喜欢打牌的脾气。没有一个人肯临牌而谦让不坐下去打的，尤其是闲在家中没有事做的太太们。她们为了消遣而打牌，愈打便愈爱打，以后便在不闲时，在有事时，也不免要放下事，抛了事去打牌了。八婶便是这样的一个妇人中的一个。当八叔到上海来就事，初次把她接来同住时，她因为熟人不多，还不大出去打牌。后来，亲串们一天天的往来的多了，熟了，——不知福州人亲戚是如何这样的多，一讲起来，牵丝扳藤归根溯源，几乎个个同乡都是有戚谊的，不是表亲，便是姻亲，——便十天至少有五六天，后来竟至有七八天，出去打牌的了。下午一吃完饭便去，总要午夜一二时方回。八叔的午饭是在办公处吃的，到了他回家吃晚饭时总是不见了八婶，而晚饭的菜，付托了老妈子重烧的，不是冷，便是口味不对。八叔常常的因此生气，把筷子往桌上一掷，便出去到小馆子里吃饭去了。到了他再回家时，八婶还没有回来，房里是冷清清的，似乎有一种阴郁的气氛。最小的一个孩子，在后房哭着，乳娘任怎样的哄骗着也不成，他只是呱呱的哭着。大孩子又被哭声惊醒了，也吵着要他的娘。八叔当然是要因此十分的生气，十分的郁闷了。有一次，她方在家里邀致了几个太太们打牌，正在全神贯注着的时候，而大孩子缠在她身边吵不休，不是要买糖，便是要买梨，便是告诉母亲说，小丫头欺负了他。八婶有一副三四番的牌，竟因此错过了一搭对子没有碰出，这副牌还因此不和。这使她十分的生气，手里执了一张牌，她也忘了，竟用手连牌在他头上重重的扑敲了一下，牌尖在额角上触着，竟碰破了头皮，流了一脸的血。她只叫老妈子把他的血洗了，用布包起，她自己连立也不立起来，仍然安静的坐着打牌。孩子是大声的哭着。八叔正在这时回家了，他见了这个样子再也忍不住生气，但因为客人在着，不便发作。到了牌局散后，他们便大闹了一场。八叔对于她更觉得灰心失意。

旧的老妈子恰在这时辞职回家了，赵妈便由荐头行的介绍，第一次踏进了八叔的大门。她做事又勤快，又细心，又会体贴主人的心理。试用了两三天之后，八婶便决意，连八叔也都同意，把她连用下去。她把家事收拾得整理得井井有条，不必等到主人的吩咐，事情已都安排得好好的了。八婶很喜欢她，不久便把什么事都委托给她了。八叔也觉得她不错。自她来了之后，他才每晚上有热菜吃，有新鲜的菜吃。他从此不再到小馆子里去。她做了菜，总是一碗一碗，烧好了便自己端了出来。菜烧完了，便站立在桌边，侍候着八叔添饭。有一次，她端了一碗滚热的汤出来，一个不小心，汤汁泼溅了一手，烫得她忘记了手上端的是一个碗，竟把它摔碎在地上了。八叔连忙由饭桌上立起来，去问她烫伤了手没有。她痛得说不出话来，只点点头。他取了一瓶油膏，一卷纱布，亲自动手替她包扎。她的手是如此莹白可爱，竟使八叔第一次感到了她的美好。她的手执在八叔的手里，她脸上微微有些红晕，心头是卜卜的跳着。谁知道他们是在什么时候有了关系的，但从这个时候之后，他们似乎发生有一种亲切的情绪。八叔再也不干涉八婶打牌的事；有时她不出去打牌，他还劝诱她到哪一家哪一家去，且晚上她再迟一点回来，他也绝不像向日那样的板起脸孔来对她。也许他还希望她更迟一点回来更好。如此的不知经过了几个月，也不知在什么时候，他们间的关系乃为八婶所觉察。总之，八婶是知道了他们之间的关系了。她对八叔大吵了一次，且立刻迫着要赵妈卷铺盖走路。赵妈羞得只躲在房里哭泣。八叔也一点不肯让步。结果，不知他用了什么方法，八婶乃竟肯不让赵妈走路了。而他们间的关系，至此乃成为公开的秘密，亲戚之间竟没有一个人不知道这事的了。

我们中国的家庭，是最会忍垢含秽的，什么难解决的问题，到了我们中国的家庭便都容容易易的解决了。譬如，一个男人在他的妻之外，又爱上一个女人了，而且已经娶了来，而且俨然是一个太太了。无论在哪一国，这件事都是法律人情所不许的，他至少要牺牲了一个太太。而在我们的家庭里，这件事却有一个两全的方法，便是说，他是兼挑的，可以容许他要两个妻。而这两个妻便是"两头大"，这不是一个很好的解决方法么？再有，男人在外地又娶了一个小家碧玉或窑姐了，他家里的妻乃至家里的上上下下，连亲戚朋友，都当她是一个妾，说是老爷在外而娶了一个妾了，然而其实却是一个妻，在外地的家庭里没有一个人不称她为太太的。眼不见为净，家里的人只好马马虎虎的随他如此的过去了。这不又是一个很好的解决方法么？这就叫做不解决的解决。比起上面所说的什么兼挑两头大，还觉得彼未免是多事。这乃是中国家庭制度底下的一个绝大的发明，是鬼子们所万不能学得来的。而今，八叔与赵妈的关系，便也是采用了这个绝大发明，即所谓不解决的解决的方法来解决的。

然而这个风声是藉藉的传到外面去了，不仅是流传于亲串之间了。甚至而赵妈的丈夫也知道了这事了。在家庭间可以用了不解决的解决方法来解决一切问题，而在这个与外人有关的问题上，这个绝妙的方法却不便应用了。

不知道他从什么地方知道了这个消息，也不知道有什么人在他背后激动挑拨，他一来便迫着要带赵妈回家。赵妈躲在后房，死也不肯出来见他，还是别一个仆人，出来回他道："赵妈跟太太出去打牌了，要半夜才能回来呢，请明天再来吧。"她丈夫才悻悻的走了。

她丈夫是一个乡农，是一个十足的老实人，说话也是讷讷的说不出口，脑后还拖着一根黑乌的大辫子。他一进门便显然的迷乱了，只讷讷的说道："请叫赵妈出来说话，我有话说，我要叫她卷了铺盖回家，不帮人家了。"当然，谁都知道他是听得了这个消息而来的。

在这天，整天的，赵妈躲在后房床上哭着，心里一点主意也没有，八叔也如瞎了眼的小鼠一样，西跑东攒，眉头紧皱，也想不出一个好方法来。八婶很不高兴的咕絮着道："叫你早办这事，你老是不肯办，现在好了。看你用什么法子去对付她丈夫！这事本不应该的！他上公堂一告状，看你还有什么面子！"

八叔一声不响的听着她的咕絮。她当然私心里是巴不得赵妈的丈夫真的能把赵妈带走，然同时，看见八叔那么焦虑愁闷的样子，又觉得很难过。这矛盾的心理，是谁都觉得出的。

"今天对付过去了，他明天还要来呢。这样干着急有什么用？应该想想方法才好。这事好在亲友们也都知道了，何不找他们来商量商量呢？"八婶怜悯战胜了嫉妒的舒徐的说道。

八叔实在无法，只好照了她的提议，叫徐升去请二老爷和刘师爷来。二叔和刘师爷都是八叔的心腹好友，刘师爷尤其足智多谋，惯会出主张，一张嘴也是锋利无比，仿佛能把铁石人的心肠也动说得软化了一样。

他们来了，八叔自己不好意思说什么，还是八婶一五一十的把赵妈的丈夫来了要带她回去的事告诉了他们。

二叔道："这当然是他听见了风声才来的了。要买一个绝断才好。这样敷衍着总是不对，保不定哪一时便会发生情端的。"

八婶道："可不是！被他告一状才丧尽体面呢！"

刘师爷想了半天，才说道："他明天来时，除非和他当面说明了，八爷当然不必出去见他，赵妈也仍然躲一躲开。他们乡下人要的是钱，肯多花一点钱，这件事总是好办的。"

这件事完全委托了二叔和刘师爷去料理。第二天，赵妈的丈夫又来了，是二叔他们去见他。他原是不大会说话的，但听完了刘师爷的一席带劝，带调解，带软吓，为八叔作说客，而又似为他，赵妈的丈夫，设策划计的话，心里显然的十分的踌躇，临走时，却只是说道，"这是不成的，我要的是人！"

他们第二次不知在什么地方见面谈判，总之，赵妈的丈夫却不再到八叔的家里来了。过了三四天，二叔和刘师爷笑哈哈的走来对八叔说道："恭喜，恭喜，事情都了结了！想不到一个乡下人倒不大容易对付。"

八婶道："要叫赵妈出来向二叔和刘师爷道谢呢！"

当然，这个和局，总不外于拼着用几百块钱，给了赵妈的丈夫，叫他写了绝断契；这些钱在名义上当然说是给他作为另娶一位妻房之用的了。但这样的一解决，赵妈的地位，在家庭中似乎骤增了重要。她不再是一个名义上的老妈子了，虽然在事实上还是如前的烧菜侍候着老爷。老妈子另外找到了一个。她的卧房搬到了一间好的房间里来，她也坐在饭桌上和太太、老爷一同吃饭了。不久，她便生了一个男孩子。如此的，这个家庭，用了不解决的解决方法，竟是一年两年的相安无事下去。但这不过是表面上的，在里面，那家庭的暗潮是在继长增高着。家庭的实权，一天天的移到赵妈的身上来。八婶几乎在家庭中成了一个附庸的分子，有饭吃，有牌打，有房子住，有月例钱用，其余的便都用不着她管了。她当然是很嫉妒，很不平，很觉得牢骚的。但她是一个天生的懦弱人，虽然很会吵嘴，却不敢于有决绝的表示。兼之，赵妈的手段又高明，笼络得她也无以难她。如此的，这个家庭，在不绝的暗里冲突，在牢骚、嫉妒，在使用心机的空气中，一天一天，一月一月，一年一年的度过去。中间，八婶曾回到故乡的母家去了几次。一去总要一二年才复回。在这个主妇缺席之时，赵妈的权力便又于无形中增长了起来。家里的底下人，居然也称她做太太了。八婶的孩子们都已经成人了。大孩子，二哥，已经由日本归国，娶了亲，在交通部里办事了。二孩子三哥，则在比利时学着土木工程。他们对于父亲和赵妈的行动，都不大满意。而二哥便把八婶接到了北京同住，不再回到上海来。而赵妈生的四哥也已成人了，在上海娶了亲，生了一个孩子，且已到法国留学去了。如此的，这个家庭是分成了两截，北京一个，而上海又是一个。上海的一个已完全成了赵妈的，孩子是她的，媳妇是她的，孙子也是她的。有什么亲串间的喜庆婚丧，她便也被视为八婶的替身，出去应酬赴宴。而亲串们在背后便都唤她作赵妈——太太，而当着她的面，则以"不称呼"的称呼方法去招呼她。

1928 年 9 月 9 日写于巴黎

蝴蝶的文学

春送了绿衣给田野，给树林，给花园，甚至于小小的墙隅屋角。小小的庭前阶下，也点缀着新绿。就是油碧色的湖水，被春风潾潾的吹动，山间的溪流也开始淙淙汩汩的流动了；于是黄的、白的、红的、紫的、蓝的，以及不能名色的花开了，于是黄的，白的、红的、黑的、以及不能名色的蝴蝶们，从蛹中苏醒了，舒展着美的耀人的双翼，栩栩在花间，在园中飞了；便是小小的墙隅屋角，小小的庭前阶下，只要有新绿的花木在着的，只要有什么花舒放着的，蝴蝶们也都栩栩的来临了。

蝴蝶来了，偕来的是花的春天。

当我们在和暖宜人的阳光底下，走到一望无际的开放着金黄色的花的菜田间，或杂生着不可数的无名的野花的草地上时，大的小的蝴蝶们总在那里飞翔着。一刻飞向这朵花，一刻飞向那朵花，便是停下了，双翼也还在不息不住的扇动着。一群儿童嬉笑着追逐在它们之后，见它们停下了，悄悄的便蹑足走近，等到他们走近时，蝴蝶却又态度闲暇的舒翼飞开了。

呵，蝴蝶！它便被追，也并不现出匆急的神气。

——日本的俳句，我乐作

在这个时候，我们似乎感得全个宇宙都耀着微笑，都泛溢着快乐，每个生命都在生长，在向前或向上发展。

二

在东方，蝴蝶是我们最喜欢的东西之一，画家很高兴画蝶。甚至于在我们古式的帐眉上，常常是绘饰着很工细的百蝶图，——我家以前便有二幅帐眉是这样的。在文学里，蝴蝶也是他们所很喜欢取用的题材之一。歌咏蝴蝶的诗歌或赋，继续的产生了不少。梁时刘孝绰有《咏素蝶》一诗：

> 随蜂绕绿蕙，避雀隐青薇。
> 映日忽争起，因风乍共归。
> 出没花中见，参差叶际飞。
> 芳华幸勿谢，嘉树欲相依。

同时如简文帝（萧纲）诸人也作有同题的诗。于是明时有一个钱文荐的做了一篇《蝶赋》，便托占梁简文与刘孝绰同游后园，"见从风蝴蝶，双飞花上"，孝绰就作此赋以献简文。此后，李商隐、郑谷、苏轼诸诗人并有咏蝶之作，而谢逸一人作了蝶诗三百首，最为著名，人称之为"谢蝴蝶"。

> 叶叶复翻翻，斜桥对侧门。
> 芦花唯有白，柳絮可能温？
> 西子寻遗殿，昭君觅故村。
> 年年方物尽，来别败兰荪。
>
> ——李商隐作

> 寻艳复寻香，似闲还似忙。
> 暖烟深蕙径，微雨宿花房。
> 书幌轻随梦，歌楼误采妆。
> 王孙深属意，绣入舞衣裳。
>
> ——郑谷作

双肩卷铁丝，两翅晕金碧。

初来花争妍，忽去鬼无迹。

——苏轼作

何处轻黄双小蝶，翩翩与我共徘徊。

绿阴芳草佳风月，不是花时也解来。

——陆游作

桃红李白一番新，对舞花前亦可人。

才过东来又西去，片时游遍满园春。

江南口暖午风细，频逐卖花人过桥。

——谢逸作

　　像这一类的诗，如要集在一起，至少可以成一大册呢。然而好的实在是没有多少。

　　在日本的徘句里，蝴蝶也成了他们所喜咏的东西，小泉八云曾著有《蝴蝶》一文，中举咏蝶的日本俳句不少，现在转译十余首于下。

就在睡中吧，它还是梦着在游戏——呵，草的蝴蝶。

——护物作

醒来！醒来！——我要与你做朋友，你睡着的蝴蝶。

——芭蕉作

呀，那只笼鸟眼里的忧郁的表示呀；——它妒羡着蝴蝶！

——作者不明

当我看见落花又回到枝上时，——呵！它不过是一只蝴蝶！

——守武作

蝴蝶怎样的与落花争轻呵！

——春海作

看那只蝴蝶飞在那个女人的身旁——在她前后飞翔着。

——素园作

哈！蝴蝶！——它跟随在偷花者之后呢！

——丁涛作

可怜的秋蝶呀！它现在没有一个朋友，却只跟在人的后边呀！

——可都里作

至于蝴蝶们呢，它们都只有十七八岁的姿态。

——三津人作

蝴蝶那样的游戏着，——一若在这个世界上没有一个敌人似的！

——作者未明

呀，蝴蝶！——它游戏着，似乎在现在的生活里，没有一点别的希求。

——一茶作

在红花上的是一只白的蝴蝶，我不知是谁的魂。

——子规作

我若能常有追捉蝴蝶的心肠呀！

——杉长作

三

我们一讲起蝴蝶，第一便会联想到关于庄周的一段故事。《庄子齐物论》道："昔者庄周梦为蝴蝶，栩栩然蝴蝶也，自喻适志与？不知周也。俄然觉，则蘧蘧然周也。不知周之梦为蝴蝶与？蝴蝶之梦为周与？周与蝴蝶，则必有分矣。此之为物化。"这一段简短的话，又合上了"庄子妻死，惠子吊之。庄子方箕踞，鼓盆而歌"（《至乐篇》）的一段话，后来便演变成了一个故事。这故事的大略是如此：庄周为李耳的弟子，尝昼寝梦为蝴蝶，"栩栩然于园林花草之间，其意甚适。醒来时，尚觉臂膊如两翅飞动，心甚异之。以后不时有此梦。"他便将此梦诉之于师。李耳对他指出夙世因缘。原来那庄生是混沌初分时一个白蝴蝶，因偷采蟠桃花蕊，为王母位下守花的青鸾啄死。其神不散，托生于世做了庄周。他被师点破前生，便把世情看做行云流水，一丝不挂。他娶妻田氏，二人共隐于南华山。一日，庄周出游山下，见一新坟封土未干，一少妇坐于冢旁，用扇向冢连扇不已，便问其故。少妇说，她丈夫与她相爱，死时遗言，如欲再嫁，须待坟土干了方可。因此举扇扇之。庄子便向她要过扇来，替她一扇，坟土立刻干了。少妇起身致谢，以扇酬他而去。庄子回来，慨叹不已。田氏闻知其事，大骂那少妇不已。庄子道："生前个个说恩深，死后人人欲扇坟。"田氏大怒，向他立誓说，如他死了，她决不再嫁。不多几日，庄子得病而死。死后七日，有楚王孙来寻庄子，知他死了，便住于庄子家中，替他守丧百日。田氏见他生得美貌，对他很有情意。后来，二人竟恋爱了，结婚了。结婚时，王孙突然的心疼欲绝。王孙之仆说，欲得人的脑髓吞之才会好。田氏便去拿斧劈棺，欲取庄子之脑髓。不料棺盖劈裂时，庄子却叹了一口气从棺内坐起。田氏吓得心头乱跳，不得已将庄子从棺内扶出。这时，寻王孙时，他主仆二人早已不见了。庄子说她道："甫得盖棺遭斧劈，如何等待扇干坟！"又用手向外指道："我教你看两个人。"田氏回头一看，只见楚王孙及其仆踱了进来。她吃了一惊，转身时，不见了庄生，再回头时，连王孙主仆也不见了。"原来此皆庄生分身隐形之法。"田氏自觉羞辱不堪，便悬梁自缢而死。庄子将她尸身放入劈破棺木时，敲着瓦盆，依棺而歌。

这个故事，久已成了我们的民间传说之一。最初将庄子的两段话演为故事的在什么时代，我们已不能知道，然在宋金院本中，已有《庄周梦》的名目（见《辍耕录》）。其后元明人的杂剧中，更有几种关于这个故事的：

鼓盆歌庄子叹骷髅

一本（李寿聊作）

老庄周一枕蝴蝶梦

一本（史九敬先作）

庄周半世蝴蝶梦

一本（明无名氏作）

这些剧本现在都已散逸，所可见到的只有《今古奇观》第二十回《庄子休鼓盆成大道》一篇东西。然诸院本杂剧所叙的故事，似可信其与《今古奇观》中所叙者无大区别。可知此故事的起源，必在南宋的时候，或更在其前。

四

韩凭妻的故事较庄周妻的故事更为严肃而悲惨。宋大夫韩凭，娶了一个妻子，生得十分美貌。宋康王强将凭妻夺来。凭悲愤自杀。凭妻悄悄的把她的衣服弄腐烂了。康王同她登高台远眺。她投身于台下而死。侍臣们急握其衣，却着手化为蝴蝶。（见《搜神记》）

由这个故事更演变出一个略相类的故事。《罗浮旧志》说："罗浮山有蝴蝶洞在云峰岩下，古木丛生，四时出彩蝶，世传葛仙遗衣所化。"

我少时住在永嘉，每见彩色斑斓的大凤蝶，双双的飞过墙头时，同伴的儿童们都指着他们而唱道："飞，飞！梁山伯，祝英台！"《山堂肆考》说："俗传大蝶出必成双，乃梁山伯、祝英台之魂，又韩凭夫妇之魂，皆不可晓。"梁祝的故事，与韩凭夫妻事是绝不相类的，是关于蝴蝶的最凄惨而又带有诗趣的一个恋爱的故事。这个故事的来源不可考，至现在则已成了最流传的民间传说。也许有人以为它是由韩凭夫妻的故事蜕化而出，然据我猜想，这个故事似与韩凭夫妻的故事没有什么关系。大约是也许有的地方流传着韩凭夫妻的故事，便以那飞的双凤蝶为韩凭夫妻。有的地方流传着梁山伯祝英台的故事，便以那双飞的凤蝶为梁山伯祝英台。

梁山伯是梁员外的独生子，他父亲早死了。十八岁时，别了母亲到杭州去读书。在路上遇见祝英台；祝英台是一个女子，假装为男子，也要到杭州去读书。二人结拜为兄弟，同到杭州一家书塾里攻学。同居了三年，山伯始终没有看出祝英台是女子。后来，英台告辞先生回家去了，临别时，悄悄的对师母说，她原是一个女子，并将她恋着山伯的情怀诉述出。山伯送英台走了一程；她屡以言挑探山伯，欲表明自己是女子，而山伯俱不悟。于是，她说道，她家中有一个妹妹，面貌与她一样，性情也与她一样，尚未定婚，叫他去求亲。二人就此相别。英台到了家中，时时恋念着山伯，怪他为什么好久不来求婚。后来，有一个马翰林来替他的儿子文才向英台父母求婚，他们竟答应了他。英台得知这个消息，心中郁郁不乐。这时，山伯在杭州也时时恋念着英台，——是朋友的恋念。一天，师母见他忧郁不想读书的神情，知他是在想念着英台，便告诉他英台临别时所说的话，并述及英台之恋爱他。山伯大喜欲狂，立刻束装辞师，到英台住的地方来。不幸他来得太晚了，太晚了！英台已许与马家了！二人相见述及此事，俱十分的悲郁，山伯一回家便生了病，病中还一心恋念着英台。他母亲不得已，只得差人请英台来安慰他。英台来了，他的病觉得略好些。后来，英台回家了，他的病竟日益沉重而至于死。英台闻知他的死耗，心中悲抑如不欲生。然她的喜期也到了。她要求须先将喜轿抬至山伯墓上，然后至马家，他们只得允许了她这个要求。她到了坟上，哭得十分伤心，欲把头撞死在坟石上，亏得丫环把她扯住了。然山伯的魂灵终于被她感动了，坟盖突然的裂开了。英台一见，急忙钻入坟中。他们来扯时，坟石又已合缝，只见她的裙儿飘在外面而不见人。后来他们去掘坟。坟掘开了，不唯山伯的尸体不见，便连英台的尸体也没有了，只见两个大凤蝶由坟的破处飞到外面，飞上天去。他们知道二人是化蝶飞去了。

这个故事感动了不少民间的少年男女。看它的结束甚似《华山畿》的故事。《古今乐录》说："华山畿者，宋少帝时《懊恼》一曲，亦变曲也。少帝时南徐一士子，从华山畿往云阳，见客舍有女子，年十八九，悦之无因，遂感心疾。母问其故，具以启母，母为至华山寻访。见女。具说。女闻感之。因脱蔽膝；令母密置其席下，卧之当已。少日果差。忽举席见蔽膝而抱持，遂吞食而死。气欲绝，谓母曰：'葬时，车载从华山度。'母从其意。比至女门，牛不肯前，打拍不动。女曰：'且待须臾。'装点沐浴既而出，歌曰：'华山畿，君既为侬死，独活为谁施！欢若见怜时，棺木为侬开。'棺应声开。女遂入棺。家人扣打，无如之何，乃合葬，呼曰神女冢。"也许便是从《华山畿》的故事里演变而成为这个故事的。

五

梁山伯祝英台以及韩凭夫妻，在人间不能成就他们的终久的恋爱，到了死后，却化为蝶而双双的栩栩的飞在天空，终日的相伴着。同时又有一个故事，却是蝶化为女子而来与人相恋的。《六朝录》言：刘子卿住在庐山，有五彩双蝶，来游花上，其大如燕。夜间，有两个女子来见他，说，"感君爱花间之物，故来相谐，君子其有意乎？"子卿笑曰，"愿伸缱绻。"于是这两个女子便每日到子卿住处来一次，至于数年之久。

蝶之化为女子，其故事仅见于上面的一则，然蝶却被我东方人视为较近于女性的东西。所以女子的名字用"蝶"字的不少，在日本尤其多。（不过男子也有以蝶为名）现在的舞女尚多用蝶花、蝶吉、蝶之助等名。私人的名字，如"谷超"（Kocho）或"超"（Cho），其意义即为蝴蝶。陆奥的地方，尚存称家中最幼之女为太郭娜（Tekona）之古俗，太郭娜即陆奥土语之蝴蝶。在古时，太郭娜这个字又为一个美丽的妇人的别名。

然在中国蝶却又为人所视为轻薄无信的男子的象征。粉蝶栩栩的在花间飞来飞去，一时停在这朵花上，隔一瞬，又停在那一朵花上，正如情爱不专一的男子一样。又在我们中国最通俗的小说如《彭公案》之类的书，常见有花蝴蝶之名；这个名字是给予那些喜爱任何女子的色情狂的盗贼的。他们如蝴蝶之闻花的香气即飞去寻找一样，一见有什么好女子，便追踪于她们之后，而欲一逞。

在这个地方，所指的蝴蝶便与上文所举的不同，已变为一种慕逐女子的男性，并非上文所举的女性的象征了。所以，蝴蝶在我们东方的文学里，原是具有异常复杂的意义的。

六

蝶在我们东方，又常被视为人的鬼魂的显化。梁祝及韩凭的二故事，似也有些受这个通俗的观念的感发。这种鬼魂显化的蝶，有时是男子显化的，有时是女子显化的。《春渚纪闻》说，"建安章国老之室宜兴潘氏，既归国老，不数岁而卒。其终之日，室中一飞蝶散满，不知其数，闻其始生，亦复如此。即设灵席，每展遗像，则一蝶停立久久而去。后遇避讳之日，与曝像之次，必有一蝶随至，不论冬夏也。其家疑其为花月之神。"这个故事还未说蝶就是亡去少妇的魂。《癸辛杂识》所记的二事，乃直捷的以蝶为人的魂化。"杨吴字明之，娶江氏少女，连岁得子。明之客死之明日，有蝴蝶大如掌，徊翔于江氏旁，竟日乃去。及闻讣，聚族而哭，其蝶复来，绕江氏，饮食起居不置也。盖明之未能割恋于少妻稚子，故化蝶以归尔。……杨大芳娶谢氏，亡未殓。有蝶大如扇，其色紫褐，翩翩白帐中徘徊飞集窗户间，终日乃去。"

日本的故事中，也有一则关于魂化为蝶的传说。东京郊外的某寺坟地之后，有一间孤零零立着的茅舍，是一个老人名为高滨（Takahama）的所住的房子。他很为邻居所爱，然同时人又多目之为狂。他并不结婚，所以只有一个人。人家也没有看见他与什么女子有关系。他如此孤独的住着，不觉已有五十年了。某一年夏天，他得了一病，自知不起，便去叫了弟媳及她的一个三十岁的儿子来伴他。某一个晴明的下午，弟媳与她的儿子在床前看视他，他沉沉的睡了。这时有一只白色大蝶飞进屋，停在病人的枕上。老人的侄用扇去逐它，但逐了又来。后来它飞出到花园中，侄也追出去，追到坟地上。它只在他面前飞，引他深入坟地。他见这蝶飞到一个妇人坟上，突然的不见了。他见坟石上刻着这妇人名明子（Akiko），死于十八岁。这坟显然已很久了，绿苔已长满了坟石上。然这坟收拾得干净，鲜花也放在坟前，可见还时时有人在看顾她。这少年回到屋内时，老人已于睡梦中死了，脸上现出笑容。这少年告诉母亲在坟地上所见的事，他母亲道："明子！唉！唉！"少年问道："母亲，谁是明子？"母亲答道："当你伯父少年时，他曾与一个可爱的女郎名明子的定婚。在结婚前不久，她患肺病而死。他十分的悲切。她葬后，他便宣言此后永不娶妻，且筑了这座小屋在坟地旁，以便时时可以看望她的坟。这已是五十年前的事了。在这五十年中，你伯父不问寒暑，天天到她坟上祷哭，日以物祭之。但你伯父对人并不提起这事。所以，现在，明子知他将死，便来接他；那大白蝶就是她的魂呀。"

在日本又有一篇名为《飞的蝶簪》的通俗戏本，其故事似亦是从鬼魂化蝶的这个概念里演变出。蝴蝶是一个美丽的女子，因被诬犯罪及受虐待而自杀。欲为她报仇的人怎么设法也寻不出那个害她的人。但后来，这个死去妇人的发簪，化成了一只蝴蝶，飞翔于那个恶汉藏身的所在之上面，指导他们去捉他，因此得报了仇。

七

《蝴蝶梦》一剧是中原古代很流行的剧本之一。宋金院本中有《蝴蝶梦》的一个名目，元剧中有关汉卿的一本《包待制三勘蝴蝶梦》，又有萧德祥的一本同名的剧本。现在关汉卿的一本尚存在于《元曲选》中。

这个戏剧的故事，也是关于蝴蝶的，与上面所举的几则却俱不同。大略是如此：王老生了三个儿子，都喜欢读书。一天，他上街替儿子们买些纸笔，走得乏了，在街上坐着歇息，不料因冲着马头，却被骑马的一个势豪名葛彪的打死了，三个儿子听见父亲为葛彪打死，便去寻他报仇，也把他打死了。他们都被捉进监狱。审判官恰是称为中国的苏罗门的包拯。当他人审此案之前，曾梦自己走进一座百花烂漫的花园，见一个亭子上结下个蛛网。花间飞来一个蝴蝶，正打在网中，却又来了一个大蝴蝶，把它救出。后来，又来第二个蝴蝶打在网中，也被大蝴蝶救了。最后来了一个小蝴蝶，打在网上，却没有人救，那大蝴蝶两次三番只在花丛上飞，却不去救。包拯便动了侧隐之心，把这小蝴蝶放走了。醒来时，却正要审问王大王二王三打死葛彪的案子。他们三个人都承认葛彪是自己打死的，不干兄或弟的事。包拯说，只要一个人抵命，其他二人可以释出。便问他们的母亲，要那一个去抵命。她说，要小的去。包拯道："为什么？小的不是你养的么？"母亲悲哽的说道："不是的，那两个，我是他们的继母，这一个是我的亲儿。"包拯为这个贤母的举动所感动，便想道："梦见大蝴蝶救了两个小蝶，却不去救第三个，倒是我去救了他。难道便应在这一件事上么？"于是他假判道："王三留此偿命。"同时却悄悄的设法，把王三也放走了。

<h1 style="text-align:center">八</h1>

还有两则放蝶的故事，也可以在最后叙一下。

唐开元的末年，明皇每至春时，即旦暮宴于宫中，叫嫔妃们争插艳花。他自己去捉了粉蝶来，又放了去。看蝶飞止在那个嫔妃的上面，他便也去止宿于她的地方。后来因杨贵妃专宠，便不复为此戏（见《开元天宝遗事》）。

这一则故事，没有什么很深的意味，不过表现出一个淫佚的君王的轶事的一幕而已。底下的一则，事虽略觉滑稽，却很带着人道主义的精神。

"长山王进士蚪生为令时，每听讼，按律之轻重，罚令纳蝶自赎。堂上千百齐放，如风飘碎锦；王乃拍案大笑。一夜，梦一女子衣裳华好，从容而入曰：'遭君虐政，姊妹多物故，当使君先受风流之小谴耳。'言已，化为蝶，回翔而去。明日，方独酌署中，忽报直指使至，皇遽而去。闺中戏以素花簪冠上，忘除之，直指见之，以为不恭，大受斥骂而返。由是罚蝶令遂止。"（见《聊斋志异》卷十五）

蝉与纺织娘

你如果有福气独自坐在窗内，静悄悄的没一个人来打扰你，一点钟，两点钟的过去，嘴里衔着一支烟，躺在沙发上慢慢的喷着烟云，看它一白圈一白圈的升上，那么在这静境之内，你便可以听到那墙角阶前的鸣虫的奏乐。

那鸣虫的作响，真不是凡响；如果你曾听见过曼杜令的低奏，你曾听见过一支洞箫在月下湖上独吹着，你曾听见过红楼的重幔中透漏出的弦管声，你曾听见过流水淙淙的由溪石间流过，或你曾倚在山阁上听着飒飒的松风在足下拂过，那么，你便可以把那如何清幽的鸣虫之叫声想象到一二了。

虫之乐队，因季候的关系而颇有不同，夏天与秋令的虫声，便是截然的两样。蝉之声是高旷的，享乐的，带着自己满足足意的；它高高的栖在梧桐树或竹枝上，迎风而唱，那是生之歌，生之盛年之歌，那是结婚曲，那是中世纪武士美人的大宴时的行吟诗人之歌。无论听了那叽……叽……的曼长声，或叽格……叽格……的较短声，都可同样的受到一种轻快的美感。秋虫的鸣声最复杂。但无论纺织娘的咭嘎，蟋蟀的唧唧，金铃子之叮令，还有无数无数不可名状的秋虫之鸣声，其声调之凄抑却都是一样的，它们唱的是秋之歌，是暮年之歌，是薤露之曲。它们的歌声，是如秋风之扫落叶，怨妇之奏琵琶，孤峭而幽奇，清远而凄迷，低徊而愁肠百结。你如果是一个孤客，独宿于荒郊逆旅，一盏荧荧的油灯，对着一张板床，一张木桌，一二张硬板凳，再一听见四壁唧唧吱吱的虫声间作，那你今夜便不用再想稳稳的安睡了，什么愁情，乡思，以及人生之悲感，都会一串串的从根儿勾引起来，在你心上翻来覆去，如白老鼠在戏笼中走轮盘一般，一上去便不用想下来憩息。如果你不是一个客人，你有家庭，你有很好的太太，你并没有什么闹愁胡想，那么，在你太太已睡之后，你想在书房中静静的写些东西时，这唧唧的秋虫之声却也会无端的窜入你的心里，翻掘起你向不曾有过的一种凄感呢。如果那一夜是一个月夜，天井里统是银白色，枯秃的树影，一根一条的很清朗的印在地上，那么你的感触将更深了。那也许就是所谓悲秋。

秋虫之声，大都在蝉之夏曲已告终之后出现，那正与气候之寒暖相应。但我却有一次奇异的经验；在无数的纺织娘之鸣声已来了之后，却又听得满耳的蝉声。我想我们的读者中有这种经验的人是必不多的。

我在山中，每天听见的只有蝉声，鸟声还比不上。那时天气是很热，即在山上，也觉得并不凉爽。正午的时候，躺在廊前的藤榻上，要求一点的凉风，却见满山的竹树梢头，一动也不动，看看足底下的花草，也都静静的站着，如老僧入了定似的。风扇之类既得不到，只好不断的用手巾来拭汗，不断的在摇挥那纸扇了。在这时候，往往有几缕的蝉声在槛外鸣奏着。闭了目，静静的听了它们在忽高忽低，忽断忽续，此唱彼和，仿佛是一大阵绝清幽的乐队在那里奏着绝清幽的曲子，炎热似乎也减少了，然后，朦胧的朦胧的睡去了，什么都不觉得。良久，良久，清梦醒来时，却又是满耳的蝉声。山中的蝉真多！绝早的清晨，老妈子们和小孩子们常去抱着竹竿乱摇一阵，而一只二只的蝉便要跟随了朝露而落到地上了。每一个早晨，在我们滴翠轩的左近，至少是百只以上之蝉是这样的被捉。但蝉声并不减少。

常常的，一只蝉两只蝉，叽的一声，飞入房内，如平时我们所见的青油虫及灯蛾之飞入一样。这也是必定被人所捉的。有一天，见有什么东西在槛外倒水的铅斗中咯笃咯笃的作响，俯身到槛外一看，却又是一只蝉，这当然又是一个俘虏了。还有好几次，在山脊上走时，忽见矮林丛中有什么东西在动，拨开林丛一看，却也是一只蝉。它是被竹枝竹叶挡阻住了不能飞去。我把它拾在手中。同行的心南先生说，"这有什么稀奇，放走了它吧。要多少还怕没有！"我便顺手把它向风中一送，它悠悠扬扬的飞去很远很远，渐渐的不见了。我想不到这只蝉就在刚才是地上拾了来的那一只！

初到时，颇想把它们捉几个寄到上海去送送人。有一次，便托了老妈子去捉。她在第二天一早，果然捉了五六只来放在一个大香烟纸盒中，不料给依真一见，她却吵着，带强迫的要去。我又托那个老妈子去捉。第二天，又捉了四五只来。依真的纸盒中却只剩下两只活的，其余的都死了。到了晚上，我的几只，也死了一半。因此，寄到上海的计划遂根本的打消了。从此以后，便也不再托人去捉，自己偶然捉来的，也都随手的放去了。那样不经久的东西，留下了它干什么用！不过孩子们却还热心的去捉。依真每天要捉至少三只以上用细绳子缚在铁杆上。有一次，曾有一只蝉居然带了红绳子逃去了；很长的一根红绳子，拖在它后面，在风中飘荡着，很有趣味。

半个月过去了；有的时候，似乎蝉声略少，第二天却又多了起来。虽然是叽……叽……的不息的鸣着，却并不觉喧扰；所以大家都不讨厌它们。我却特别的爱听它们的歌唱，那样的高旷清远的调子，在什么音乐会中可以听得到！我以我每以蝉声将绝为虑，时时的干涉孩子们的捕捉。

到了一夜，狂风大作，雨点如从水龙头上喷出似的，向槛内廊上倾倒。第二天还不放晴。再过一天，晴了，天气却很凉，蝉声乃不再听见了！全山上的鸣唱着的却换了一种咭嘎……咭嘎……的急促而凄楚的调子，那是纺织娘。

"秋天到了，"我这样的说着，颇动了归心。

再一天，纺织娘还是咭嘎咭嘎的唱着。

然而，第三天早晨，当太阳晒得满山时，蝉声却又听见了！且很不少。我初听不信；叽……叽……叽格……叽格……那确是蝉声！纺织娘之声却又潜踪了。

蝉回来了，跟它回来的是炎夏。从箱中取出的棉衣又复放入箱中。下山之计遂又打消了。

谁曾于听了纺织娘歌声之后再听见蝉的夏曲呢？是我的一个有趣的经验。

十一月八日夜补记

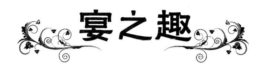

宴之趣

　　虽然是冬天，天气却并不怎么冷，雨点淅淅沥沥的滴个不已，灰色云是弥漫着；火炉的火是熄下了，在这样的秋天似的天气中，生了火炉未免是过于懊暖了。家里一个人也没有，他们都出外"应酬"去了。独自在这样的房里坐着，读书的兴趣也引不起，偶然的把早晨的日报翻着，翻着，看看它的广告，忽然想起去《Merry Widow》吧。于是独自的上了电车，到派克路跳下了。

　　在黑漆的影戏院中，乐队悠扬的奏着乐，白幕上的黑影。坐着，立着，追着，哭着，笑着，愁着，怒着，恋着，失望着，决斗着，那还不是那一套，他们写了又写，演了又演的那一套故事。

　　但至少，我是把一句话记住在心上了："有多少次，我是饿着肚子从晚餐席上跑开了。"

　　这是一句隽妙无比的名句；借来形容我们宴会无虚日的交际社会，真是很确切的。

　　每一个商人、每一个官僚，每一个略略交际广了些的人，差不多他们的每一个黄昏，都是消磨在酒楼菜馆之中的。有的时候，一个黄昏要赶着去赴三四处的宴会；这些忙碌的交际者真是妓女一样，在这里坐一坐；就走开了，又赶到另一个地方去了，在那一个地方又只略坐一坐，又赶到再一个地方去了。他们的肚子定是不会饱的，我想。有几个这样的交际者，当酒阑灯榭，应酬完毕之后，定是回到家中，叫底下人烧了稀饭来堆补空肠的。

　　我们在广漠繁华的上海，简直是一个村气十足的"乡下人"；我们住的是乡下，到"上海"去一趟是不容易的，我们过的是乡间的生活，一月中难得有几个黄昏是在"应酬"场中度过的。有许多人也许要说我们是"孤介"，那是很清高的一个名辞。但我们实在不是如此，我们不过是不惯征逐于酒肉之场，始终保持着不大见世面的"乡下人"的色彩而已。

偶然的有几次，承一二个朋友的好意，邀请我们去赴宴。在座的至多只有三四个熟人，那一半生客，还要主人介绍或自己去请教尊姓大名，或交换名片，把应有的初见面的应酬的话讷讷的说完了之后，便默默的相对无言了。说的话都不是有着落，都不是从心里发出的；泛泛的，是几个音声，由喉咙头溜到口外的而已。过后自己想起那样的敷衍的对话，未免要为之失笑。如此的，说是一个黄昏在繁灯絮语之宴席上度过了，然而那是如何没有生趣的一个黄昏呀？

有几次，席上的生客太多了，除了主人之外，没有一个是认识的；请教了姓名之后，也随即忘记了。除了和主人说几句话之外，简直的无从和他们谈起。不晓得他们是什么行业，不晓得他们是什么性质的人，有话在口头也不敢随意的高谈起来。那一席宴，真是如坐针毡；精美的羹菜，一碗碗的捧上来，也不知是什么味儿。终于忍不住了，只好向主人撒一个谎，说身体不大好过，或说是还有应酬，一定要去的。如果在谣言很多的这几天当然是更好托辞了，说我怕戒严提早，要被留在华界之外——虽然这是礼貌的，不大应该的，虽然主人是照例的殷勤的留着，然而我却不顾一切的不得不走了。这个黄昏实在是太难捱得过去了！回到家里以后，买了一碗稀饭，即使只有一小盏萝卜干下稀饭，反而觉得舒畅，有意味。

如果有什么友人做喜事，或寿事，在某某花园，某某旅社的大厅里，大张旗鼓的宴客，不幸我们是被邀请了，更不幸我们是太熟的友人，不能不到，也不能道完了喜或拜完了寿，立刻就托辞溜走的，于是这又是一个可怕的黄昏。常常的张大了两眼，在寻找熟人，好容易找到了，一定要紧紧的和他们挤在一起，不敢失散。到了坐席时，便至少有两三人在一块儿可以谈谈了，不至于一个人独自的局促在一群生面孔的人当中，惶恐而且空虚。当我们两三个人在津津的谈着自己的事时，偶然抬起眼来看着对面的一个坐客，他是凄然无侣的坐着；大家酒杯举了，他也举着；菜来了，一个人说："请，请，"同时把牙箸伸到盘边，他也说，"请，请，"也同样的把牙箸伸出。除了吃菜之外，他没有目的，菜完了，他便局促的独坐着。我们见了他，总要代他难过，然而他终于能够终了席方才起身离座。宴会之趣味如果仅是这样的，那么，我们将咒诅那第一个发明请客的人；喝酒的趣味如果仅是这样的，那么，我们也将打倒杜康与狄奥尼修士了。

然而又有的宴会却幸而并不是这样的；我们也还有别的可以引起喝酒的趣味的环境。

独酌，据说，那是很有意思的。我少时，常见祖父一个人执了一把锡的酒壶，把黄色的酒倒在白磁小杯里，举了杯独酌着；喝了一小口，真正一小口，便放下了，又拿起筷子来夹菜。因此，他食得很慢，大家的饭碗和碗都已放下了，且已离座了，而他却还在举着酒杯，不匆不忙的喝着。他的吃饭，尚在再一个半点钟之后呢。而他喝着酒，颜微酡着，常常叫道："孩子，来，"而我们便到了他的跟前。他夹了一块只有他独享着的菜蔬放在我们口中，问道"好吃么？"我们往往以点点头答之，在孙男与孙女中，他特别的喜欢我，叫我前去的时候尤多。常常的，他把有了短髯的嘴吻着我的面颊，微微有些刺痛，而他的酒气从他的口鼻中直喷出来。这是使我很难受的。

这样的，他消磨过了一个中午和一个黄昏。天天都是如此。我没有享受过这样的乐趣。然而回想起来，似乎他那时是非常的高兴，他是陶醉着，为快乐的雾所围着，似乎他的沉重的忧郁都从心上移开了，这里便是他的全个世界，而全个世界也便是他的。

别一个宴之趣，是我们近几年所常常领略到的，那就是集合了好几个无所不谈的朋友，全座没有一个生面孔，在随意的喝着酒，吃着菜，上天下地的谈着。有时说着很轻妙的话，说着很可发笑的话，有时是如火如剑的激动的话，有时是深切的论学谈艺的话，有时是随意的取笑着，有时是面红耳热的争辩着，有时是高妙的理想在我们的谈锋上触着，有时是恋爱合切愚合与家庭的与个人的身世使我们谈个不休。每个人都把他的心胸赤裸裸的祖开了，每个人都把他的向来不肯给人看的面孔显露出来了；每个人都谈着，谈着，谈着，只有更兴奋的谈着，毫不觉得"疲倦"是怎么一个样子。酒是喝得干了，菜是已经没有了，而他们却还是谈着，谈着，谈着。那个地方，即使是很喧闹的，很湫狭的，向来所不愿意多坐的，而这时大家却都忘记了这些事，只是谈着，谈着，谈着，没有一个人愿意先说起告别的话。要不是为了戒严或家庭的命令，竟不会有人想走开的。虽然这些闲谈都是琐屑之至的，都是无意味的，而我们却已在其间得到宴之趣了；其实在这些闲谈中，我们是时时可发现许多珠宝的；大家都互相的受着影响，大家都更进一步了解他的同伴，大家都可以从那里得到些教益与利益。（"再喝一杯，只要一杯，一杯。"）

"不，不能喝了，实在的。"

不会喝酒的人每每这样的被强迫着而喝了过量的酒。面部红红的，映在灯光之下，是向来所未有的壮美的丰采。

"圣陶，干一杯，干一杯，"我往往的举起杯来对着他说，我是很喜欢一口一杯的喝酒的。

"慢慢的，不要这样快，喝酒的趣味，在于一小口一小口的喝，不在于干杯。"圣陶反抗似的说，然而终于他是一口干了，一杯又是一杯。

连不会喝酒的愈之、雁冰，有时，竟也被我们强迫的干了一杯。于是大家哄然的大笑，是发出于心之绝底的笑。

再有，佳年好节，合家团团的坐在一桌上，放了干几双的红漆筷子，连不在家中的人也都放着一双筷子，都排着一个座位。小孩子笑孜孜的闹着吵着，母亲和祖母温和的笑着，妻子忙碌着，指挥着厨房中厅堂中仆人们的做菜，端菜，那也是特有一种融融洽洽的乐趣，为孤独者所妒羡不止的，虽然并没有和同伴们同在时那样的宴之趣。

还有，一对恋人独自在酒店的密室中晚餐；还有，从戏院中偕了妻子出来，同登酒楼喝一二杯酒；还有，伴着祖母或母亲在熊熊的炉火旁边，放了几盏小菜，闲吃着宵夜的酒，那都是使身临其境的人，令人神怡的。

宴之趣是如此的不同呀！

离别

　　别了，我爱的中国，我全心爱着的中国，当我倚在高高的船栏上，见着船渐渐的离岸了，船与岸间的水面渐渐的阔了，见着了许多亲友挥着白巾，挥着帽子，挥着手，说着 Adieu, adieu！听着鞭炮噼噼啪啪的响着，水兵们高呼着向岸上的同伴告别时，我的眼眶是润湿了，我自知我的泪点已经滴在眼镜面了，镜面是模糊了，我有一种说不出的感动！

　　船慢慢的向前驶着，沿途见了停着的好几只灰色的白色的军舰。不，那不是悬着我们国旗的，它们的旗帜是"红日"，是"蓝白红"，是"红蓝条交叉着"的联合旗，是有"星点红条"的旗！

　　两岸是黄土和青草，再过去是两条的青痕，再过去是地平线上的几座小岛山，海水满盈盈的照在夕阳之下，浪涛如顽皮的小童似的踊跃不定。水面上现出一片的金光。

　　别了，我爱的中国，我全心爱着的中国！

　　我不忍离了中国而去，更不忍在这大时代中放弃每人应做的工作而去，抛弃了许多亲爱的勇士在后面，他们是正用他们的血建造着新的中国，正在以纯挚的热诚，争斗着，奋击着。我这样不负责任的离开了中国，我真是一个罪人！

　　然而我终将在这大时代中工作着的，我终将为中国而努力，而呈献了我的身，我的心；我别了中国，为的是求更好的经验，求更好的奋斗工具。暂别了，暂别了，在各方面争斗着的勇士们，我不久即将以更勇猛的力量加入你们当中了。

当我归来时，我希望这些悬着"红日"的，"蓝白红"的，有"星点红条"的，"红蓝条交叉着"的一切旗帜的白色灰色的军舰都已不见了，代替它们的是我们的可喜爱的悬着我们的旗帜的伟大的舰队。

如果它们那时还没有退去中国海，还没有为我们所消灭，那么，来，勇士们，我将加入你们的队中，以更勇猛的力量，去压迫它们，去毁灭它们！

这是我的誓言！

别了，我爱的中国，我全心爱着的中国！

海燕

　　乌黑的一身羽毛，光滑漂亮，积伶积俐，加上一双剪刀似的尾巴，一对劲俊轻快的翅膀，凑成了那样可爱的活泼的一只小燕子。当春间二三月，轻飔微微的吹拂着，如毛的细雨无因的由天上洒落着，千条万条的柔柳，齐舒了它们的黄绿的眼，红的白的黄的花，绿的草，绿的树叶，皆如赶赴市集者似的奔聚而来，形成了烂漫无比的春天时，那些小燕子，那么伶俐可爱的小燕子，便也由南方飞来。加入了这个隽妙无比的春景的图画中，为春光平添了许多的生趣。小燕子带了它的双剪似的尾，在微风细雨中，或在阳光满地时，斜飞于旷亮无比的天空之上，唧的一声，已由这里稻田上，飞到了那边的高柳之下了。同几只却隽逸的在粼粼如縠纹的湖面横掠着，小燕子的剪尾或翼尖，偶沾了水面一下，那小圆晕便一圈一圈的荡漾了开去。那边还有飞倦了的几对，闲散的憩息于纤细的电线上，——嫩蓝的春天，几支木杆，几痕细线连于杆与杆间，线上是停着几个粗而有致的小黑点，那便是燕子，是多么有趣的一幅图画呀！还有一家家的快乐家庭，他们还特为我们的小燕子备了一个两个小巢，放在厅梁的最高处，假如这家有了一个匾额，那匾后便是小燕子最好的安巢之所。第一年，小燕子来住了，第二年，我们的小燕子，就是去年的一对，它们还要来住。

　　"燕子归来寻旧垒。"

　　还是去年的主，还是去年的宾，他们宾主间是如何的融融洽洽呀！偶然的有几家，小燕子却不来光顾，那便很使主人忧戚，他们邀召不到那么隽逸的嘉宾，每以为自己运命的蹇劣呢。

这便是我们故乡的小燕子，可爱的活泼的小燕子，曾使几多的孩子们欢呼着，注意着，沈醉着，曾使几多的农人们市民们忧戚着，或舒怀的指点着，且曾平添了几多的春色，几多的生趣于我们的春天的小燕子！

如今，离家是几千里！离国是几千里！托身于浮宅之上，奔驰于万顷海涛之间，不料却见着我们的小燕子。

这小燕子，便是我们故乡的那一对，两对么？便是我们今春在故乡所见的那一对，两对么？

见了它们，游子们能不引起了，至少是轻烟似的，一缕两缕的乡愁么？

海水是皎洁无比的蔚蓝色，海波是平稳得如春晨的西湖一样，偶有微风，只吹起了绝细绝细的千万个翻翻的小皱纹，这更使照晒于初夏之太阳光之下的、金光烂灿的水面显得温秀可喜。我没有见过那么美的海！天上也是皎洁无比的蔚蓝色，只有几片薄纱似的轻云，平贴于空中，就如一个女郎，穿了绝美的蓝色夏衣，而颈间却围绕了一段绝细绝轻的白纱巾。我没有见过那么美的天空！我们倚在青色的船栏上，默默的望着这绝美的海天；我们一点杂念也没有，我们是被沈醉了，我们是被带入晶天中了。

就在这时，我们的小燕子，二只，三只，四只，在海上出现了。它们仍是隽逸的从容的在海面上斜掠着，如在小湖面上一样；海水被它的似剪的尾与翼尖一打，也仍是连漾了好几圈圆晕。小小的燕子，浩莽的大海，飞着飞着，不会觉得倦么？不会遇着暴风疾雨么？我们真替它们担心呢！

小燕子却从容的憩着了。它们展开了双翼，身子一落，落在海面上了，双翼如浮圈似的支持着体重，活是一只乌黑的小水禽，在随波上下的浮着，又安闲，又舒适。海是它们那么安好的家，我们真是想不到。

在故乡，我们还会想象得到我们的小燕子是这样的一个海上英雄么？

海水仍是平贴无波，许多绝小绝小的海鱼，为我们的船所惊动，群向远处窜去；随了它们飞窜着，水面起了一条条的长痕，正如我们当孩子时之用瓦片打水漂在水面所划起的长痕。这小鱼是我们小燕子的粮食么？

小燕子在海面上斜掠着，浮憩着。它们果是我们故乡的小燕子么？

啊，乡愁呀，如轻烟似的乡愁呀！

黄昏的观前街

    我刚从某一个大都市归来。那一个大都市，说得漂亮些，是乡村的气息较多于城市的。它比城市多了些乡野的荒凉况味，比乡村却又少了些质朴自然的风趣。疏疏的几簇住宅，到处是绿油油的菜圃，是蓬蒿没膝的废园，是池塘半绕的空场，是已生了荒草的瓦砾堆。晚间更是凄凉。太阳刚刚西下，街上的行人便已"寥若晨星"。在街灯如豆的黄光之下，踽踽的独行着，瘦影显得更长了。足音也格外的寂寥。远处野犬，如豹的狂吠着。黑衣的警察，幽灵似的扶枪立着。在前面的重要区域里，仿佛有"站住！""口号！"的呼叱声。我假如是喜欢都市生活的话，我真不会喜欢到这个地方；我假如是喜欢乡间生活的话，我也不会喜欢到这个所在。我的天！还是趁早走了吧。（不仅是"浩然，"简直是"凛然有归志"了！）

    归程经过苏州，想要下去，终于因为舍不得抛弃了车票上的未用尽的一段路资，蹉跎的被火车带过去了。归后不到二天，长个子的樊与矮而美鬓的孙，却又拖了我逛苏州去。早知道有这一趟走还不中途而下，来得便利么？我的太太是最厌恶苏州的，她说舒舒服服的坐在车上，走不几步，却又要下车过桥了。我也未见得十分喜欢苏州；一来是，走了几趟都买不到什么好书，二来是，住在阊门外，太像上海，而又没有上海的繁华。但这一次，我因为要换换花样，却拖他们住到城里去。不料竟因此而得到了一次永远不曾领略到的苏州景色。

    我们跑了几家书铺，天色已经渐渐的黑下来了，樊说，"我们找一个地方吃饭吧。"饭馆里是那么样的拥挤，走了两三家，才得到了一张空桌。街上已上了灯。楼窗的外面，行人也是那么样的拥挤。没有一盏灯光不照到几堆子人的，影子也不落在地上，而落在人的身上。我不禁想起了某一个大城市的荒凉情景，说道，"这才可算是一个都市！"

这条街是苏州城繁华的中心的观前街。玄妙观是到过苏州的人没有一个不熟悉的；那么粗俗的一个所在，未必有胜于北平的隆福寺，南京的夫子庙，扬州的教场。观前街也是一条到过苏州的人没有一个不曾经过的；那么狭小的一道街，三个人并列走着，便可以不让旁的人走，再加之以没头苍蝇似的乱攒而前的人力车，或箩或桶的一担担的水与蔬菜，混合成了一个道地的中国式的小城市的拥挤与纷乱无秩序的情形。

然而，这一个黄昏时候的观前街，却与白昼大殊。我们在这条街上舒适的散着步，男人，女人，小孩子，老年人，摩肩接踵而过，却不喧哗，也不推拥；我所得的苏州印象，这一次可说是最好。——从前不曾于黄昏时候在观前街散步过。半里多长的一条古式的石板街道，半部车子也没有，你可以安安稳稳的在街心蹀方步。灯光耀耀煌煌的，铜的，布的，黑漆金字的市招，密簇簇的排列在你的头上，一举手便可触到了几块。茶食店里的玻璃匣，亮晶晶的在繁灯之下发光，照得匣内的茶食通明的映入行人眼里，似欲伸手招致他们去买几色苏制的糖食带回去。野味店的山鸡野兔，已烹制的，或尚带着皮毛的都一串一挂的悬在你的眼前——就在你的眼前，那香味直扑到你的鼻上。你在那里，走着，走着，你如走在一所游艺园中。你如在暮春三月，迎神赛会的当儿，挤在人群里，跟着他们跑，兴奋而感到浓趣。你如在你的少小时，大人们在做寿，或娶亲，地上铺着花毯，天上张着锦幔，长随打杂老妈丫头，客人的孩子们，全都穿戴着崭新的衣帽，穿梭似的进进出出，而你在其间，随意的玩耍，随意的奔跑。你白天觉得这条街狭小，在这时，你才觉这条街狭小得妙。她将你紧压住了，如夜间将自己的手放在心头，做了很刺激的梦；他将你紧紧地拥抱住了，如一个爱人身体的热情的拥抱；她将所有的宝藏，所有的繁华，所有的可引动人的东西，都陈列在你的面前，即在你的眼下，相去不到三尺左右，而别用一种黄昏的灯纱笼罩了起来，使他们更显得隐约而动情，如一位对窗里面的美人，如一位躲于绿帘后的少女。她假如也像别的都市巷道那样的开朗阔大，那么，便将永远感不到这种亲切的繁华的况味，你便将永远受不到这种紧紧的轧压于你的全身，你的全心的燠暖而温馥的情趣了。你平常觉得这条街闲人太多，过于拥挤，在这时却正显得人多的好处。你看人，人也看你；你的左边是一位时装的小姐，你的右边是几位随了丈夫、父亲上城的乡姑，你的前面是一二位步履维艰的道地的苏州老，一二位尖帽薄履的苏式少年，你偶然回过头来，你的眼光却正碰在一位容光射人，衣饰过丽的少奶奶的身上。你的团团转转都是人，都是无关系的无关心的最驯良的人；你可以舒舒适适的踱着方步，一点也不用担心什么。这里没有乘机的偷盗，没有诱人入魔窟的"指导者"，也没有什么电掣风驰，左冲右撞的一切车子。每一个人都是那么安闲的散步着；川流不息的在走，肩摩踵接的在走，他们永不会猛撞你身上而过。他们是走得那么安闲，那么小心。你假如偶然过于大意的撞了人，或踏了人的足——那是极不经见的事！他们抬眼望了你，你对他们点点头，表示歉意，也就算了。大家都感到一种的亲切，一种的无损害，一种的无忧无虑的生活；大家都似躲在一个乐园中，在明月之下，绿林之间，悠闲的微步着，忘记了园外的一切。

那末鳞鳞比比的店房，那末密密接接的市招，那末耀耀煌煌的灯光，那末狭狭小小的街道，竟使你抬起头来，看不见明月，看不见星光，看不见一丝一毫的黑暗的夜天。她使你不知道黑暗，她使你忘记了这是夜间。啊，这样的一个"不夜之城！"

"不夜之城"的巴黎，"不夜之城"的伦敦，你如果要看，你且去歌剧院左近走着，你且去辟加德莱圈散步，准保你不会有一刻半秒的安逸；你得时时刻刻的担心，时时刻刻的提防着，大都市的灾害，是那么多。每个人都是匆匆的走灯似的向前走，你也得匆匆的走；每个人都是紧张着矜持着，你也自然得会紧张着，持着。你假如走惯了黄昏时候的观前街，你在那里准得是吃大苦矜头，除非你已将老脾气改得一干二净。你假如为店铺的窗中的陈列品所迷住了，譬如说，你要站住了仔仔细细的看一下，你准得要和后面的人猛碰一下，他必定要诧异的望了望你，虽然嘴里说的是"对不起。"你也得说"对不起，"然而你也饱受了他，以至他们的眼光的奚落。你如走到了歌剧院的阶前，你如走到了那尔逊的像下，你将见斗大的一个个市招或广告牌，闪闪在放光；一片的灯光，映射得半个天空红红的。然而那里却是如此的开朗敞阔，建筑物又是那么的宏伟，人虽拥挤，却是那样的藐小可怜，Taxi 和 Bus

也如小甲蚁似的在一连串的走着。大半个天空是黑漆漆的，几颗星在冷冷的眯着眼看人。大都市的繁华终敌不住黑夜的侵袭，你在那里，立了一会，只要一会，你便将完全的领受到夜的凄凉了。像观前街那样的燠暖温馥之感，你是永远得不到的。你在那里是孤零的，是寂寞的，算不定会有什么飞灾横祸光临到你身上，假如你要一个不小心。像在观前街的那么舒适无虑的亲切的感觉，你也是永远不会得到的。

有观前街的燠暖温馥与亲切之感的大都市，我只见到了一个委尼司；即在委尼司的 St.Mark 方场的左近。那里也是充满了闲人，充满了紧压在你身上的燠暖的情趣的；街道也是那么狭小，也许更要狭，行人也是那么拥挤，也许更要拥挤，灯光也是那么辉辉煌煌的，也许更要辉煌。有人口口声声的称呼苏州为东方的委尼司；别的地方，我看不出，别的时候，我看不出，在黄昏时候的观前街，我却深切的感到了。——虽然观前少了那么弘丽的 Piazza of St.Mark，少了那么轻妙的此奏彼息的乐队。

悼夏丏尊先生

　　夏丏尊先生死了，我们再也听不到他的叹息，他的悲愤的语声了；但静静的想着时，我们仿佛还都听见他的叹息，他的悲愤的语声。

　　他住在沦陷区里，生活紧张而困苦，没有一天不在愁叹着。是悲天？是悯人？

　　胜利到来的时候，他曾经很天真的高兴了几天。我们相见时，大家都说道，"好了，好了，"个个人的脸上似乎都泯没了愁闷：耀着一层光彩。他也同样的说道："好了，好了！"

　　然而很快的，便又陷入愁闷之中。他比我们敏感，他似乎失望，愁闷得更迅快些。

　　他曾经很高兴的写过几篇文章；很提出些正面的主张出来。但过了一会，便又沉默下去，一半是为了身体逐渐衰弱的关系。

　　他是一个自由主义者，反对一切的压迫和统制。他最富于正义感。看不惯一切的腐败、贪污的现象。他自己曾经说道："自恨自己怯弱，没有直视苦难的能力，却又具有着对于苦难的敏感。"又道："记得自己幼时，逢大雷雨躲入床内；得知家里要杀鸡就立刻逃避；看戏时遇到《翠屏山》《杀嫂》等戏，要当场出彩，预先俯下头去，以及妻每次产时，不敢走入产房，只在别室中闷闷的听着妻的呻吟声，默祷她安全的光景。"（均见《平屋杂文》）这便是他的性格。他表面上很恬淡，其实，心是热的；他仿佛无所褒贬，其实，心里是泾渭分得极清的。在他淡淡的谈话里，往往包含着深刻的意义。他反对中国人传统的调和与折衷的心理。他常常说，自己是一个早衰者，不仅在身体上，在精神上也是如此。他有一篇《中年人的寂寞》：

我已是一个中年的人。一到中年，就有许多不愉快的现象，眼睛昏花了，记忆力减退了，头发开始秃脱而且变白了，意兴、体力甚么都不如年轻的时候，常不禁会感觉得难以名言的寂寞的情味。尤其觉得难堪的是知友的逐渐减少和疏远，缺乏交际上的温暖的慰藉。在《早老者的忏悔》里，他又说道：

我今年五十，在朋友中原比较老大。可是自己觉得体力减退，已好多年了。三十五六岁以后，我就感到身体一年不如一年，工作起不得劲，只得是恹恹地勉强挨，几乎无时不觉到疲劳，甚么都觉得厌倦，这情形一直到如今。十年以前，我还只四十岁，不知道我年龄的，都以我是五十岁光景的人，近来居然有许多人叫我"老先生"。论年龄，五十岁的人应该还大有可为，古今中外，尽有活到了七十八十，元气很盛的。可是我却已经老了，而且早已老了。

这是他的悲哀，但他的并不因此而消极，正和他的不因寂寞而厌世一样。他常常愤慨，常常叹息，常常悲愁。他的愤慨、叹息、悲愁，正是他的入世处。他爱世、爱人、尤爱"执着"的有所为的人，和狷介的有所不为的人，他爱年轻人；他讨厌权威，讨厌做作、虚伪的人。他没有机心；表里如一。他藏不住话，有什么便说什么，所以大家都称他"老孩子"。他的天真无邪之处，的确够得上称为一个"孩子"的。

他从来不提防什么人。他爱护一切的朋友，常常担心他们的安全与困苦。我在抗战时逃避在外，他见了面，便问道："没有什么么？"我在卖书过活，他又异常关切的问道；"不太穷困么？卖掉了可以过一个时期吧。"

"又要卖书了么？"他见我在抄书目时问道。

我点点头：向来不作乞怜相，装作满不在乎的神气，有点倔强，也有点傲然，但见到他的皱着眉头，同情的叹气时，我几乎也要叹出气来。

他很远的挤上了电车到办公的地方来，从来不肯坐头等，总是挤在拖车里。我告诉他，拖车太颠太挤，何妨坐头等，他总是不改变态度，天天挤，挤不上，再等下一部；有时等了好几部还挤不上。到了办公的地方，总是叹了一口气后才坐下。

"丏翁老了，"朋友们在背后都这么说。我们有点替他发愁，看他显著的一天天的衰老下去。他的营养是那么坏，家里的饭菜不好，吃米饭的时候很少；到了办公的地方时，也只是以一块面包当作午餐。那时候，我们也都吃着烘山芋、面包、小馒头或羌饼之类作午餐，但总想有点牛肉、鸡蛋之类伴着吃，他却从来没有过；偶然是涂些果酱上去，已经算是很奢侈了。我们有时高兴上小酒馆去喝酒，去邀他，他总是不去。

在沦陷时代。他曾经被敌人的宪兵捉去过。据说，有他的照相，也有关于他的记录。他在宪兵队里，虽没有被打，上电刑或灌水之类，但睡在水门汀上，吃着冷饭，他的身体因此益发坏下去。敌人们大概也为他的天真而恳挚的态度所感动吧，后来，对待他很不坏。比别人自由些，只有半个月便被放了出来。

他说，日本宪兵曾经问起了我，"你有见到郑某某吗？"他撒了谎，说道，"好久好久不见到他了。"其实，在那时期，我们差不多天天见到的。他是那末爱护着他的朋友！

他回家后，显得更憔悴了；不久，便病倒。我们见到他，他也只是叹气，慢吞吞的说着经过。并不因自己的不幸的遭遇而特别觉得愤怒。他永远是悲天悯人的。——连他自己也在内。

在晚年，他有时觉得很起劲，为开明书店计划着出版辞典；同时发愿要译《南藏》。他担任的是《佛本生经》（Jataka）的翻译，已经译成了若干，有一本仿佛已经出版了。我有一部英译本的 Jataka，他要借去做参考，我答应了他，可惜我不能回家，托人去找，遍找不到。等到我能够回家，而且找到 Jataka 时。他已经用不到这部书了。我见到它，心里便觉得很难过，仿佛做了一件不可补偿的事。

他很耿直，虽然表面上是很随和。他所厌恨的事，隔了多少年，也还不曾忘记。有一次，在一个宴会上遇到了一个他在杭州第一师范学校教书时代的浙江教育厅长，他便有点不耐烦，叨叨的说着从前的故事。我们都觉得窘，但他却一点也不觉得。

他是爱憎分明的！

他从事于教育很久，多半在中学里教书。他的对待学生们从来不采取严肃的督责的态度。他只是恳挚的诱导着他们。

……我入学之后，常听到同学们谈起夏先生的故事，其中有一则我记得最牢，感动得最深的，是说夏先生最初在一师兼任舍监的时候，有些不好的同学，晚上熄灯，点名之后，偷出校门，在外面荒唐到深夜才回来；夏先生查到之后，并不加任何责罚，只是恳切的劝导，如果一次两次仍不见效。于是夏先生第三次就守候着他，无论怎样夜深都守候着他，守候着了，夏先生对他仍旧不加任何责罚，只是苦口婆心，更加恳切地劝导他，一次不成、二次，二次不成，三次……，总要使得犯过者真心悔过，彻底觉悟而后已。

迂缓与麻木

　　自上海大残杀案发生后，我们益可看出我们中国民族的做事是如何的迂缓迟钝，头脑是如何的麻木不灵。我揣想，如此的空前大残杀案一发生，南京路以及各街各路的商店总应该立刻有极严重的表示。然而竟不然！此事发生时，我不知其情形如何；然而当发生后二小时，我到了南京路，却还不见有一丝一毫的大雷雨扫荡后的征象。直到了先施公司之西，行人才渐渐的拥挤，多半伫立而偶语。至于商店呢，一若无事然，仍旧大开着门欢迎顾客。只有当枪弹之冲的七八家商店关上了店门。我不明白，我们民族的举动为什么如此的迂缓迟钝！也许是大家故示镇定，正在商议对付方法罢？！夜间，我再到外面作第二次的观察。一路上毫无什么可注意的现象。

　　各酒楼上，弦歌之声，依然鼎沸。各商店灯火辉煌，人人在欢笑，在嘲谑。我在自疑，上海不是很大的地方，交通也不算不方便，电话、电车、汽车、马车、人力车，全都有，为什么这样重大的消息传播得如此的迂慢？我不敢相信又不能不相信："上海难道竟是一个至治之邦，'鸡犬之声相闻，民至老死不相往来'的么？"又到了南京路，各商店仍旧是大开着门欢迎顾客，灯光如白昼的明亮，人众憧憧的进出。依然的，什么大雷雨扫荡的痕迹也没有，什么特异的悲悼的表示也没有！直行至老闸捕房口，才觉得二三丈长的这一段路，灯火是较平常暗淡些，闭了的商店门也未全开。英捕与印捕，乘了高头大马，闯上行人道，用皮鞭驱打行人。被打的人在东西逃避。一个青年，穿着长衫的，被驱而避于一家商店的檐下，英捕还在驱他。他只是微笑的躲避着皮鞭。什么反抗的表示也没有。这给我以至死不忘的印象。我血沸了，我双拳握得紧紧的。他如来驱我呀，……皮鞭如打在我身上呀！……但亏得英捕印捕并不来驱逐我。当时如有什么军器在手，我必先动手打死了这些无人道的野兽再说！再走过去，景象一如平日，又是什么大雷雨扫荡的痕迹也没有。我又在自疑：为什么我们还没有什么严重的悲悼的表示呢！？难道商界领袖竟没有在商议这事么？难道在商议而尚未确定办法么？"迟钝，迟钝！"我暗暗的自叫着。回转身，到西藏路，望见宁波同乡会门口有黑压压的一大堆人。我吃了一惊："又发生了什么事？也许商界在这里会议？群众在这里候大消息的宣布？"匆匆的走近，"失望"立刻抓住了我的心，我的热泪立刻聚挤在眼眶中了。原来是一个什么"南大附中平民学校游艺会"正在那里开会！我自己愤骂道："还开什么游艺会！还不立刻停止么！"

唉，我失望，什么也使我失望！第二天是星期日，我又出去观察一次，还是什么悲悼的表示也没有。"迟钝呀！麻木呀！！"

我又在自叫着。下午是某人为他的父母在徐园做双寿，有程艳秋的堂会。我不能不去拜寿，一半因为大家都出去了，什么朋友也找不到，正好趁空到徐园去，一半也要借此探听些消息。但我揣想，堂会是一定没有了，客一定不多，也许"双寿"竟至于改期举行。到了徐园门口，又使我明白我的揣想是完全错了。什么都依旧进行。厅上黑压压的坐着许多骄贵的绅士们，艳装的太太们，都在等候着看戏。招呼了几个熟人，谈起了昨天的大残杀，他们也附和着说道："不应该，不应该！"然而显然的，他们的脸上，眼中，没有一丝一毫的同情，没有一丝一毫的悲愤（也许我的观察错了，请他们原谅）！大家说完了话，又静静的等候着看戏。我没有听见再有什么人说起一句关于这个大残杀案的话。

"麻木，淡漠，冷酷？！为什么？"我任怎样也揣想不出。

约有四十小时是在如此的平安而镇定中度过去。到了第三天早晨，商店才不复照例开门。听说还是学生们包围强迫的结果。事后，商会的副会长想登报声明，这次议决罢市是被迫的。亏得被较明白的人劝阻住了。

"唉！迟缓、麻木、冷酷！为什么？"我任怎样也揣想不出。

随感录（二则）

一、纸上的改造事业

有一位朋友对我说："现在什么改造，解放，各处都说得很热闹。可是他们都是纸上的文章。见之实行的有几个人？不信你看现在各地新产生各团体，曾办了什么事情？但是他们所首先划备的就是出版杂志。他们的全力，差不多都聚到这一方面去；好像他们的团体，是专为出版杂志而产生的一样。

某处有一个机关，发起的时候，说是'以改造平民思想，实施平民教育为宗旨'。到后来什么事情也没有做，只办了一个报纸就算了事。又有一个学会，说是以实行工学为目的，其实他们不过每月拿出几十块钱出版一个杂志而已。其余如此的例，一时也说不荆你看这不是纸上的文章容易做么？"这些话说得未免过偏，但是我想大家也应该反省一下。我们绝不可专注重于纸上的事业吓！

二、虚伪

中国人是虚伪的人；所过的生活，是虚伪的生活；所做的事也都是虚伪的事。不唯从前如此，现在更是利害；不唯官僚政客如此，自命革新家的似乎也有些这个毛病。我前几天听见人说，"前年某月刊因为要发挥自己的主张，对于反对的人，大大的教训一番，苦于没有人来反对他。他们就一边自己造了一篇信，假充是人家写给他们的，一边叫一个人在那里作答。因此他的主张得以大白。到现在大家把这事当做故典引用。谁知道竟是虚无乌有的事吓！"又有一个对我说："你看见一本月刊上的某隐名女士的通信么？这位女士实在是假造的吓！"这些话我还不敢信它是实。但我们新青年要注意！

　　这样虚伪的作用不彻底废除，什么"社会改造"，什么"新生活"都是无根之谈了！

发表于《新社会》8 期 1920 年 1 月 11 日

三死

日间，工作得很疲倦，天色一黑便去睡了。也不晓得是多少时候了，仿佛在梦中似的，房门外游廊上，忽有许多人的说话声音：

"火真大，在对面的山上呢。"

"听说是一个老头子，八十多岁了，住在那里。"

"看呀，许多人都跑去了，满山都是灯笼的光。"

如秋夜的淅沥的雨点似的，这些话一句句落在耳中。"疲倦"紧紧的把双眼握住，好久好久才能张得开来，忽忽的穿了衣服，开了房门出去。满眼的火光！在对面，在很远的地方，然全山都已照得如同白昼。

"好大的火光！"我惊诧的说。

心南先生的全家都聚在游廊上看，还有几个女佣人，谈话最勇健，她们的消息也最灵通。

"已经熄下去了，刚才才大呢；我在后房睡，连对面墙上都满映着火光，我还当作是很近，吃了一个大惊。"老伯母这样的说。"听说是一间草屋，有一个八十多岁的老头子住在那里，不晓得怎么样了？"她轻柔的叹了一口气。

江妈说道："听说已经死了，真可怜，他已经走不动了，天天有人送饭给他吃，不知今晚为什么会着火？"

"听说是油灯倒翻了。"刘妈插嘴说。

叮叮的清脆的伐竹的声音由对山传出，火光中，人影幢幢的往来。渐渐的有人执着灯笼散回去了。

"火快熄了，警察在斫竹，怕它延烧呢。"

"一个灯笼，两个灯笼，三个灯笼，都走到山下去了，那边还有几个在走着呢。"依真指点的嚷着说。在山中，夜行者非有灯笼不可；我们看不见人，只看见灯光移动，便知道是一个人在走着了。

"到底那老人家死了没有呢，你们去问问看。"老伯母不能安心的说道。

"听说已死了。"几个女佣抢着说。

叮叮的伐竹声渐渐的稀疏了，灯笼的光也不大见了，火光更微弱了下去。

"去睡吧，"这个声音如号令似的，使大家都进了自己的房门。我又闭了眼竭力想续前面的甜甜的睡眠。

几个女佣还在廊前健谈不已，她们很大的语声，如音乐似的，把我催眠着。其初，还很清晰的听见她们的话语，后来，朦胧了，朦胧了如蚊蝇之喧声似的；再后，我便睡着了。

第二天，许多人的唯一谈话资料，便是那个不幸的老翁。

"那老人家是为王家看山的。到山已经有五六十年了，他来时，莫干山还没有外国人呢。"

"他是福建人。二十多岁时，不知道为了什么事，由家乡出来，就住在山上了。一直有六十年没有离开过这里。他可算是这山上最老的人了。"

"听说，他近五六年来，走路不大灵便，都由一个姓杨（？）的家里，送东西给他吃。"

约略的，由几个女佣的口中，知道了这位老翁的生平。下午，楼下的仆人说，老翁昨夜并没有烧死。他见火着了，便跑了出来，后来，因为棉被衣物还没有取出，便又进去了两次去取这些东西，便被火灼伤了，直到了今早才死去。

"听说，杨家的太太出了五十块钱，还有别的人也凑齐了一笔款子，为他办理后事。"

"听说，尸身还在那里，没有殓呢。"

"不，下午已经抬下山去了。"

隔了两天，对山火场上树了一个杆子，上面有灯，到了晚上，锣钹木鱼之声很响的敲着，全山都可听见，是为这位老翁做佛事了。

这就是这位六十年来的山中最老的居民的结果。

半个月过去了，老翁的事大家已经淡忘了。有一天早上，却有几个人运了许多行李到楼下来，女佣们又纷纷的传说，说昨夜又死了两个人。一个是住在山顶某号屋中，只有十七八岁，犯了肺病死的。到山来疗养，还不到两个月。一个是住在下面铁路饭店的，刚来不久，前夜还好好吃着饭，不料昨天便死了。那些行李，是后一个死者的亲属的，他们由上海赶来看他。

不到一刻，死耗便传遍全山了。山上不易得新闻。这些题材乃为众口所宣传，足为好几天的谈话资料。尤其后一个死者，使我们起了个扰动。

"也许是虎列拉，由上海带来的，死得这样快。他的家属，去看了他后，再住到这里，不怕危险么？"我们这几个人如此的提心吊胆着，再三再四的去质问楼下的孙君。他担保说，绝没有危险，且绝不是虎列拉病死的。我们还不大放心。下午，死者的家属都来了，他们都穿着白鞋。据说，一个是死者的母亲，一个是死者的妻，两个是死者的妾，还加几个小孩，是死者的子女，其余的便是他的丧事经理者。他是犯肺病死了的，在山上已经两个多月了，他的钱不少，据说，是在一个什么银行办事的人。

死者的妻和母，不时的哭着，却不敢大声的哭，因为在旅舍中。据女佣们说，曾有几次，死者的母亲，实在忍不住了，只好跑到山旁的石级上，坐在那里大哭。

第三天，这些人又动身回家了。绝早的，便听见楼下有凄幽的哭泣，只是不敢纵声大哭。太阳在满山照着，许多人都到后面的廊上，倚在红栏杆，看他们上轿。女佣们轻轻的指点说，这是他的大妻，这是他的母亲，这是他的第一妾，第二妾。他们上了山，一转折便为山岩所蔽，不见了。大家也都各去做事。

第二天还说着他们的事。

隔了几天，大家又浑忘了他们。

北平

　　你若是在春天到北平，第一个印象也许便会给你以十分的不愉快。你从前门东车站或西车站下了火车，出了站门，踏上了北平的灰黑的土地上时，一阵大风刮来，刮得你不能不向后倒退几步；那风卷起了一团的泥沙；你一不小心便会迷了双眼，怪难受的；而嘴里吹进了几粒细沙在牙齿间萨拉萨拉的作响。静穆现时，眼缝边，黑马褂或西服外套上，立刻便都积了一层黄灰色的沙垢。你到家，或到了旅店，得仔细的洗涤了一顿，才会觉得清爽些。

　　"这鬼地方！那末大风，那末多的灰尘！"你也许会很不高兴的诅咒的说。

　　风整天整夜的呼呼地在刮，火炉的铅皮烟囱，纸的窗户，都在乒乒乓乓的相碰着，也话会闹得你半夜睡不着。第二天清早，一睁眼，呵，满窗的黄金色，你满高兴，以为这是太阳光，你今天将可以得车个畅快的游览了。然而风声还在呼呼的怒吼着。擦擦眼，拥被坐在床上，你便要立刻懊丧起来。那黄澄澄的，错疑作太阳光的，却正是漫天漫地的吹刮着的黄沙！风声吼吼的还不曾歇气。你也许会懊悔来这一趟。

　　但到了下午，或到第三天，风渐渐的平静起来。太阳光真实的黄亮亮的晒在墙头，晒进窗里。那份温暖和平的气息儿，立刻便会鼓动了你向外面跑跑的心思。鸟声细碎的在鸣叫着，大约是小麻雀儿的唧唧声居多。——碰巧，院子里有一株杏花或桃花，正含着苞，浓红色的一朵朵，将放未放。枣树的叶子正在努力的向枝外崛起。——北平的枣树那么多，几乎家家天井里都有个一株两株的。柳树的柔枝儿已经是透露出嫩嫩的黄色来。只有硕大的榆树上，却还是乌黑的秃枝，一点什么春的消息都没有。

你开了房门，到院子里，深深的吸了一口气。啊，好新鲜的空气，仿佛在那里面便挟带着生命力似的。不由得不使你神清气爽。太阳光好不可爱。天上干干净净没有半朵浮云，俨然是"南方秋天"的样子。你得知道，北平当晴天的时候，永远的那一份儿"天高气爽"的晴明的劲儿，四季皆然，不独春日如此。

太阳光晒得你有点暖得发慌。"关不住了！"你准会在心底偷偷的叫着。

你便准得应了这自然之呼招而走到街上。

但你得留意，即使你是阔人，衣袋里有充足的金洋银洋，你也不应摆阔，坐汽车。袄关在汽车的玻璃窗里，你便成了如同被蓄养在玻璃缸的金鱼似的无生气的生物了。你将一点也享受不到什么。汽车那么飞快的冲跑过去仿佛是去直什么重要的会议。可是你是来游玩，不是来赶会。汽车会把一切自然的美景都推到你的后面去。你不能吟味，你不能停留，你不能称心如意的欣赏。这正是猪八戒吃人参果的勾当。你不会蠢到如此的。

北平不接受那么摆阔的阔客。汽车客是永远不会见到北平的真面目的。北平是个"游览区"。天然的不欢迎"走车看花"——比走马看花还杀风景的勾当——的人物。

那末，你得坐"洋车"——但得注意：如果你是南人，叫一声黄包车，准保个个车夫都不理会你，那是一种侮辱，他们以为。（黄包，北音近似王八。）或酸溜溜的招呼道："人力车"，他们也不会明白。如果叫道："胶皮"，他们便知道你是从天津来的，准得多抬些价。或索性洋气十足的，叫道，"力克夏"，他们便也懂，但却只能以"毛"为单位的给车价了。

"洋车"是北平最主要的交通物。价廉而稳妥，不快不慢，恰到好处。但走到大街上，如果遇见一位漂亮的姑娘或一位洋人在前面车上，碰巧，你的车夫也是一位年轻力健的小伙子，他们赛起来，那可有点危险。

干脆，趋路，倒也不坏。近来北平的路政很好，除了冷街小巷，没有要人、洋人住的地方，还是"无风三尺土，有雨一街泥"之外，蓁冲要之区，确可散步。

出了巷口，向皇城方面走。你便将渐入佳景的。黄金色的琉璃瓦在太阳光里发亮光，土红色的墙，怪有意思的围着那"告别区"入了天安门内，你便立刻有应接不暇之感。如果你是聪明的，在这里，你必得跳下车来，散步的走着。寻两支白石盘龙的华表，屹立在中间，恰好烘托着那一长排的白石栏杆和三座白石拱桥，表现出很调和的华贵而苍老的气象来，活像一位年老有德、饱历世故、火气全消的学士大夫，没有丝毫的火辣辣的暴发户的讨厌样儿。春冰方解，一池不浅不溢的春水，碧油油的可当一面镜子照。正中的一座拱桥的三个桥洞，映在水面，恰好是一个完全的圆形。

你过了桥，向北走。那厚厚的门洞也是怪可爱的。（夏天是乘风凉最好的地方）午门之前，杂草丛生，正如一位不加粉黛的村姑，自有一种风趣。那左右两排小屋，仿佛将要开出口来，告诉你以明清的若干次的政变，和若干大臣、大将雍雍锵锵的随驾而出入。这里也有两支白色的华表，颜色显得黄些，更觉得苍老而古雅。无论你向东走，或者向西走，——你可以暂时不必向北进端门，那是历史博物馆的入门处，要购票的。——你可以见到很可愉悦的景色。出了一道门，沿了灰色的宫墙根，向北向东走，或向北向西走，你便可以见到护城河里的水是那么绿得可爱。太庙或口山园后面的柏树林是那么苍苍郁郁的，有如见到深山古墓。和你同道走着的，有许多走得比你还慢，还没有目的的人物；他们穿了大袖的过时的衣服，足上登着古式的鞋，手上托着一只鸟笼，或臂上栖着一只被长链锁住的鸟，懒懒散散的在那里走着。有时也可遇到带着一群小哈叭狗的人，有气势的在赶着路。但你如果到了东化门或西华门而折回去时，你将见他们也并不曾往前走，他们也和你一样的折了回去。他们是在这特殊幽静的水边溜达，是北平人生活的主要一部分；他闪可以在这同一的水边，城墙下，溜达整个半天，天天如此，年年如此，除了刮大风，下大雪，天气过于寒冷的时候。你将永远猜想不出，他们是怎样过活的。你也许在幻没落的公子王孙，也许你便因此凄怆怀念着他们的过去的豪华和今日的沦落。

啪的一声响，惊得你一大跳，那是一个牧人，赶了一群羊走过，长长的牧鞭打在地上的声音。接着，一辆一九三四年式的汽车呜呜的飞驰而过。你的胡思乱想为之撕得粉碎。——但你得知道，你的凄怆的情感是落了空。那些臂鸟驱狗的人物，不一定是没落的王孙，他们多半是以驯养鸟狗为生活的商人们。

你再进了那座门，向南走。仍走到天安门内。这一次，你得继续的向南走。大石板地，没有车马的经过，前面的高大的城楼，作为你的目标。左右全都是高及人头的灌木林子。在这时候，黄色的迎春花正在盛开，一片的喧闹的春意。红刺梅也在含苞。晚开的花树，枝头也都有了绿色。在这灌木林子里，你也许可以徘徊个几小时。在红刺梅盛开的时候，连你的脸色和衣彩也都会映上红色的笑影。散步在那白色的阔而长的大石道，便是一种愉快。心胸阔大而无思虑。昨天的积闷，早已忘了一干二净。你将不再对北平有什么诅咒。你将开始发生留恋。

你向南走，直走到前门大街的边沿上，可望见东西交民巷口的木牌坊，可望见刚下车来的东车站或西车站，还可望见屹立在前面的很宏伟的一座大牌楼。乱纷纷的人和车、马和货物；有最新式的汽车，也有最古老的大车，简直是最大的一个运输物的展览会。

你站了一会儿，觉得看腻了，两腿也有点发酸了，你便可以向前走了几步，极廉价的雇到一辆洋车，在中山公园口放下。

这公园是北平很特殊的一个中心。有过一个时期，当北海还不曾开放的时候，她是北平唯一的社交的集中点。在那里，你可以见到社会上各种各样的人物。——当然无产者是不在内，他们是被几分大洋的门票摈在园处的。你在那里坐了一会，立刻便可以招致了许多熟人。你不必家家拜访或邀致，他们自然会来。当海棠盛开时，牡丹、芍药盛开时，菊花盛开时的黄昏，那里是最热闹的上市的当儿。茶座全塞满了人，几乎没有一点空地。一桌人刚站起来，立刻便会有候补的挤了上去。老板在笑，伙计们也在笑。他们的收入是如春花似的繁多。直到菊花谢后，方才渐渐的冷落了下来。

你坐在茶座上，舒适的把身体堆放在藤椅里，太阳光满晒在身上，棉衣的背上，有些热起来。前后左右，都有人在走动，在高谈，在低语。坛上的牡丹花，一朵朵总有大碗粗细。说是赏花，其实，眼光也是东溜西溜的。有时，目无所瞩，心无所思的，可以懒卧在那里，整整的大半天。

一阵和风吹来，遍地白色的柳絮在团团的乱转，渐渐成一个球形，被推到墙角。而漫天飞舞着的棉状的小块，常常扑到你面上，强塞进你的鼻孔。

如果你在清晨来这里，你将见到有几堆的人，老少肥瘦俱齐，在大树下空地上练习打太极拳。这运动常常邀引了肺痨者去参加，而因此更促短了他们的寿命。而这时，这公园里也便是肺痨病者们最活动的时候。瘦得骨立的中年人们，倚着杖，蹒跚的在走着，——说是呼吸新鲜的空气——走了几步，往往咳得伸不起腰来，有时，喀的一声，吐了一浓痰在地上。为了这，你也许再不敢到这园来。然而，一到了下午，这园里却仍是拥挤着人。谁也不曾想到天天清晨所演的那悲剧。

园后的大柏树林子，也够受糟蹋的。茶烟和瓜子壳，熏得碧绿的柏树叶子都有点显出枯黄色来，那林子的寿命，大约也不会很长久。

和中山公园的热闹相陪衬的是隔不几十步的太庙的冷落。不知为了什么，去太庙的人到底少。只有年轻的情人们，偶而一对两对的避人到此密谈。也间有不喜追逐在热闹之后的人，在这清静点的地方散步。这里的柏树林，因为被关闭了数百年之后，而新被开放之故，还很顽健似的，巢在树上的"灰鹤"也不曾搬家他去。

太庙所陈列的清代的各帝的祭殿和寝宫，未见者将以为是如何的辉煌显赫，如何的富丽堂皇，其实，却不值一看。一色黄缎绣花的被褥衣垫，并没有什么足令人羡慕。每张供桌上所列的木雕的杯碗及烛盘等，还不如豪人家的祖先堂的讲究。从前读一明人笔记，说，到明孝陵参观上供，见所供者不过冬瓜汤等等极淡薄贱价的菜。这里在皇帝还中宫中时，祭供时，想也不过如此。是帝王和平民，不仅坟墓里同为枯骨，即馨享的也不过如此如此而已。

你在第二天可以到北城去游览一趟，那一边值得看的东西很不少。后门左边近有国子监，钟楼及鼓楼。钟鼓楼每县都有之，但这里，却显得异常的宏伟。国子监，为从前最高的学府，那里边，藏有石鼓——但现在这著名的石鼓却南迁了。由后门向西走，有址刹海；相传《红楼梦》所描写的大观园就在十刹海附近。这海是平民的夏天的娱乐场。海北，有规模极大的冰窖一区。海的面积，全都是稻田和荷花荡。（北平人的养荷花是一业，和种水稻一样。）夏天，荷花盛开时，确很可观。倚在会贤堂的楼栏上，望着骤雨打在荷盖上，那喷人的荷香和刹刹的细碎的响声，在别处是闻不到，听不到的。如果在芦席上，那声音也怪难听的，有喧宾夺主之感。最佳的是夏已过去，枯荷满海，十刹海的闹市已经收场，寻陧，如果再到会贤堂楼上，倚栏听雨，便的确不含糊的有"留得残荷听雨声"之妙，不过，北平秋天少雨，这境界颇不易逢。

十刹海的对面，便是北海的后门。由这里进北海，向东走，经过澄心斋、松坡图书馆、仿膳、五龙亭，一直到极乐世界，没有一个地方不好。唯惜五龙亭等处，夏天太闹。极乐世界已破坏得不堪，没有一尊佛像能保得不断膈折臂。而北海之饶有古趣者，也只有这个地方。那个地方，游人是最少进去的。如果由后面向南走，你便可以走到北海董事会等处，那里也是开放的，有茶座，却极冷落。在五龙亭坐船，渡过海——冬天是坐了冰船滑过去——便是一个圆岛，四面皆水，以一桥和大门相通。岛的中央，高耸着白塔。依山势的高下，随意布置着假山、庙宇、游廊、小室，那曲折的工程很足供我们作半日游。

如果，在晴天，倚在漪澜堂前的白石栏杆上，静观着一泓平静不波的湖水，受着太阳光，闪闪的反射着金光出来，湖面上偶然泛着几只游艇，飞过几只鹭鸶，惊起一串的呷呷的野鸭，都足毂使你留恋个若干时候。但冬天，那是最坏的时候了，这场面上将辟为冰场，红男绿女们在那里奔走驰驶，叫闹不堪。你如果已失去了少年的心，你如果爱清静，爱独游，爱默想，这场面上你最好不必出现。

出了北海的前门，向西走，便是金鳌玉桥。这座白石的大桥，隔断了中南海和北海。北海的白日，如画映在水面上，而中海的万善殿的全景，也很清晰的可看到。中南海本亦为公园，今则又成了"禁地"。只有东部的一个小地方，所谓万善殿的，是开放着。这殿很小，游人也极冷落，房室却布置得很好。龙王堂的一长排，都是新塑的泥像，很庸俗可厌。但你要是一位细心的人，你便可在一个殿旁的小室里，发见了倚在墙角无人顾问的两尊木雕的菩萨像。那形态面貌，无一处不美，确是辽金时代的遗物；然一尊则双臂俱折，一尊则膈部只剩了半边。谁还注意到他们呢？报纸上却在鼓吹着龙王堂的神像的塑得有精神，为明代的遗物。却不知那是民国三四年间的新物！仍由中南海的后门走出，那斜对过便是北平图书馆，这绿琉璃瓦的新屋，建筑费在一百四十万以上，每年的购物费则不及此数之十二。旧书并合了方家胡同京师图书馆及他处所藏的，新书则多以庚款购入。在中国可称是最大的图书馆。馆外的花园，邻于北海者，亦以白色栏杆围隔之；唯为廉价之水门汀所制成，非真正的白石也。

由北平图书馆再过金鳌玉东桥，向东走，则为故宫博物院。由神武门入院，处处觉得寥寂如古庙，一点生气都没有。想来，在还是"帝王家"的进代，虽聚居了几千宫女、太监们在内，而男旷女怨，也必是"戾气"冲天的。所藏古物，重要者都已南迁，游人们因之也廖落得多。

　　神武门的对门是景山。山上有五座亭，除当中最高的一亭外，多被破坏。东边的山脚，是崇祯自杀处。春天草绿时，远望景山，如铺了一层绿色的绣毡，异常的清嫩可爱。你如果站在最高处，向南望去，宫城全部，俱可收在眼底。而东交民巷使馆区的无线电台，东长安街的北京饭店，三条胡同的协和医院都固怪不调和而被你所注意。而其余的千家万户则全都隐藏在万绿丛中，看不见一瓦片，一屋顶，仿佛全城便是一片绿色的海。不到这里，你无论如何不会想象得到北平城内的树木是如何的繁密；大家小户，哪一家天井不有些绿色呢。你如站在北面望下时，则钟鼓楼及后门也全都耸然可见。

　　三大殿和古物陈列所总得耗费你一天的工夫。从西华门或从东华门入，均可。古物陈列所因为古物运走的太多，现在只开放武英殿，然仍有不少好东西。仅李公麟《击壤图》使足够消磨你半天。那人物，几乎没有一个没精神的，姿态各不相同，却不曾有一懈笔。

　　三大殿虽空无所有，却宏伟异常。在殿廊上，下望白石的"丹墀"不能不令你想到那过去的充满了神秘气象的朝庭和叔孙通定下的"朝仪"的如何能够维持着帝王的神秘的尊严性。你如果富于幻想，闭了眼，也许还可以见那静穆而来的随来的班朝见的文武百官们的精灵的往来。这时有很舒适的茶座。坐在这里，望着一列一列的雕镂着云头的白石栏杆和雕刻得极细致的陛道，是那么样的富丽而明朗的美。

　　你还得费一二天工夫去游南城。出了前门，便是商业区和会馆区。从前，汉人是不许住在内城的，故这南城或外城，便成了很重要的繁盛区域。但现在是一天天的冷落了。却还有几个著名的名胜所在，足供你的留连、徘徊。西边有陶然亭，东边有夕照寺、拈花寺和万柳堂。多前都是文士们雅集之地。如今也都败坏不堪，成为工人们编麻索、织丝线之地。所谓万柳也都不存在一株。只有陶然亭还齐整些。不过，你游过了内城的北海、太庙、中山公园，到了这些地方，除了感到"野"之外，他便全无所得的了。你或将为汉人们抱屈；在二十几年前，他们还都只能局促于此一隅。而内城的一切名胜之地，他们是全被摈斥在外的。别看清人诗集里所歌咏的是那么美好，他们是不得已而思其次的呢！

　　而现在，被摈斥于内城诸名胜之外的，还不依然是几十百万人么？

　　南城的娱乐场所，以天桥为中心。这个地方倒是平民的聚集之所；一切民间的玩意儿，一切廉价的旧货，这里都有。

先农坛和天坛也是极宏伟的建筑。天坛的工程尤为浩大而艰巨。全是圆形的；一层层的白石栏杆，白石阶级，无数的参天的大柏树，包围着一座圆形的天的圣坛。坛殿的建筑，是圆的，四围的阶级和栏杆也都是圆的。这和三大殿的方整，恰好成一最有趣的对照。在这里，在大树林下徘徊着，你也便将勾引起难堪的怀古的情绪的。

这些，都只是游览的经历。你如果要在北平多住些时候，你便要更深刻的领略到北平的生活了。那生活是舒适、缓慢、吟味、享受，却绝对的不紧张。你见过一串的骆驼走过么？安稳、和平，一步步的随着一声声丁当丁当的大颈铃向前走；不匆忙，不停顿；那些大动物的眼里，表现的是那么和平而宽容，负重而忍辱的性情。这便是北平生活的象征。

和这些宏伟的建筑，舒适的生活相对照的，你不要忘记掉，还有地下的黑暗的生活呢。你如果有一个机会，走进一所"杂合院"里，你便可见到十几家老少男女挤在一小院落里住着的情形：孩子们在泥地上爬，妇女们是脸多菜色，终日含怒抱怨着，不时的，有咳嗽的声音从屋里透出。空气是恶劣极了；你如不是此中人，你便将不能作半日留。这些"杂合院"便是劳工、车夫们的居宅。有人说，北平生活舒服，第一件是房屋宽敞，院落深沈，多得阳光和空气。但那是中产以上的人物的话。百分之八九十以上的人口，是住着龌龊的"杂合院"里的，你得明白。

更有甚的，在北城和南城的僻巷里，听说，有好些人家，其生活的艰苦较住"杂全院"者为尤甚，常有一家数口合穿一裤或一衣的。他们在地下挖了一个洞。有一人穿了衣裤出外了，家中无衣可穿的几人便站在其中。洞里铺着稻草或破报纸，藉以取暖。这是什么生活呢！

年年冬天，必定有许多无衣无食的人，冻死在道上。年年冬天，必定有好几个施粥厂开办起来；来就食的，都是些可怕的窘苦的人们。然也竟有因为无衣而不能到粥厂来就吃的！

"九渊之下，更有九渊。"北平的表面，虽是冷落破败下去，尚未减都市之繁华。而其里面，却想不到是那样的破烂与痛苦与黑暗。

终日徘徊于三海、公园乃至天桥的，不是罪人是什么！而你游览的过客，你见了这，将有动于中，而快快的逃脱出这古城呢，还是想到"我不入地狱谁入地狱"一类的话呢？

月夜之话

　　是在山中的第三夜了。月色是皎洁无比，看着她渐渐的由东方升了起来。蝉声叽……叽……叽……的漫长的叫着，岭下涧水潺潺的流声，隐略的可以听见，此外，便什么声音都没有了。月如银的圆盘般大，静定的挂在晚天中，星没有几颗，疏朗朗的间缀于蓝天中，如美人身上披的蓝天鹅绒的晚衣，缀了几颗不规则的宝石。大家都把自己的摇椅移到东廊上坐着。

　　初升的月，如水银似的白，把她的光笼罩在一切的东西上；柱影与人影，粗黑的向西边的地上倒映着。山呀，田地呀，树林呀，对面的许多所的屋呀，都朦朦胧胧的不大看得清楚，正如我们初从倦眠中醒了来，睁开了眼去看四周的东西，还如在渺茫梦境中似的；又如把这些东西都幕上了一层轻巧细密的冰纱，它们在纱外望着，只能隐约的看见它们的轮廓；又如春雨连朝，天色昏暗，极细极细的雨丝，随风飘拂着，我们立在红楼上，由这些蒙雨织成的帘巾向外望着。那么样的静美，那么样柔秀的融和的情调，真非郑振铎散文选集月夜之话身临其境的人不能说得出的。

　　"那么好的月呀！"擘黄先生赞赏似的叹美着。

　　同浴于这个明明的月光中的，还有梦旦先生和心南先生，静悄悄的，各人都随意的躺在他的摇椅上，各自在默想他的崇高的思绪。也不知道有多少秒，多少分，多少刻的时间是过去了，红栏杆外是月光，蝉声与溪声，红栏杆内是月光照浴着的几个静思的人。

月光光，

照河塘。

骑竹马，

过横塘。

横塘水深不得过，

娘子牵船来接郎。

问郎长，问郎短，

问郎此去何时返。

心南先生的女公子依真跳跃着的由西边跑了过来，嘴里这样的唱着。那清脆的歌声漫溢于朦胧的空中，如一塘静水中起了一个水沤似的，立刻一圈一圈的扩大到全个塘面。

"这是各处都有的儿歌，辜鸿铭曾选入他的《幼学弦歌》中。"梦旦先生说。他真是一个健谈的人，又恳挚，又多见闻，凡是听过他的话的人，总不肯半途走了开去。

"福州还有一首大家都知道的民歌，也是以月为背景的，真是不坏。"梦旦先生接着说；于是他便背诵出了这一首歌。

原文：

共哥相约月出来，

怎样月出哥未来？

没是奴家月出早？

没是哥家月出迟？

不论月出早与迟；

恐怕我哥未肯来。

当日我哥未娶嫂，

三十无月哥也来。

译文：

与他相约月出来，
怎么月出了他还未来？
莫不是我家月出得早？
莫不是他家月出得迟？
不论月出早与迟；
只怕他是不肯来了吧！
当日他没有娶妻时，
没有月的三十夜也还来呢。

这首歌的又真挚又曲折的情绪，立刻把大家捉住了。像那么好的情歌，真不多见。

"我真想把它抄录了下来呢！"我说。于是梦旦先生又逐句的背念了一遍，我便录了下来。

"大约是又成了《山中通信》的资料吧，"擘黄先生笑着说道，他今天刚看见我写着《山中通信》。

"也许是的，但这样的好词，不写了下来，未免太可惜了。"

"我也有一个，索性你再写了吧。"擘黄说。

我端正了笔等着他。

七月七夕鹊填桥，
牛郎织女渡天河。
人人都说神仙好，
一年一度算什么！

"最后一句真好，凡是咏七夕的诗，恐怕不见得有那样透澈的口气吧。可见民歌好的不少，只在自己去搜集而已。"擘黄说。

大家的话匣子一开，沉静的气氛立刻打破了，每个人都高高兴兴的谈着唱着，浑忘了皎洁月光与其他一切。月已升得很高，倒向西边的柱影，已渐渐的短了。

梦旦先生道："还有一首歌，你们听人说过没有？"

"采苹你去问秋英，
　怎么姑爷跌满身？"
"他说：相公家里回，
　也无火把也无灯。"
"既无火把也要灯！
　他说相公家里回，
　怎么姑爷跌满身？
　采苹你去问秋英！"

"是的，听见过的，"擘黄说，"但其层次与说话之语气颇不易分得出明白。"
"大约是小姐见姑爷夜间回来，跌了一身的泥，不由得起了疑心，便叫丫头采苹去问跟班秋英。采苹回到小姐那里，转述秋英的话，相公之所以跌得一身泥者，因由家里回来，夜色黑漆漆的，又无火把又无灯笼也。第二首完全是小姐的话，她的疑心还未释，相公既由家回，如无火把也要有灯，怎么会跌得一身？于是再叫采苹去问秋英。虽然是如连环诗似的二首，前后的意思却很不同。每个人的口气也都逼真的像。"梦旦先生说。
经了这样一解释，这首诗，真的也成了一首名作了。

真鸟仔，
啄瓦檐，
奴哥无"母"这数年。
看见街上人讨"母"，
奴哥目泪挂目檐。
有的有，没的没，
有人老婆连小婆！
只愿天下作大水，
流来流去齐齐没。

这一首也是这一夜采得的好诗，但恐非"非福州人"所能了解。所谓

"真鸟仔"者，即小麻雀也。"母"者，即女子也，即所谓公母之"母"是也。"奴哥"者，擘黄以为是他人称他的，我则以为是自称的口气，兹译之如下：

> 小小的麻雀儿，
> 在瓦檐前啄着，啄着，
> 我是这许多年还没有妻呀！
> 看见街上人家闹洋洋的娶亲，
> 我不由得双泪挂眼边。
> 有的有，没有的没有，
> 有的人，有了妻，却还要小老婆。
> 但愿天下起了大水，
> 流来流去，使大家一齐都没有。

这个译文，意思未见得错，音调的美却完全没有了。所以要保存民歌的绝对的美，似非用方言写出来不可。

这一夜，是在山上说得最舒畅的一夜，直到了大家都微微的呵欠着，方才散了，各进房门去睡。第二夜，月光也不坏。我却忙着写稿子；再一夜，天色却不佳，梦旦先生和擘黄又忙着收拾行囊，预备第二天一早下山。像这样舒畅的夜谈，却终于只有这一夜，这一夜呀！

最后一课

这一天的清晨，天色还不曾大亮，我在睡梦里被电话的铃声惊醒。

"听到了炮声和机关枪声没有？"在电话里说。

"没有听见。发生了什么事？"

"听说日本人占领租界，把英国兵缴了械，黄浦江上的一只英国炮舰被轰沉，一只美国炮舰投降了。"

接连的又来了几个电话，有的是报馆里的朋友打来的。事实渐渐的明白。

英国军舰被轰沉，官兵们凫水上岸，却遇到了岸上的机关枪的扫射，纷纷的死在水里。日本兵依照着预定的计划，开始从虹口和郊外开进租界。

被认为孤岛的最后一块弹丸地，终于也沦陷于敌手。

我匆匆地跑到了康脑脱路的暨大。

校长和许多重要的负责者们都已经到了。立刻举行了一次会议，简短而悲壮的，立刻议决了："看到一个日本兵或一面日本旗经过校门时，立刻停课，将这大学关闭结束。"

太阳光很红亮地晒着，街上依然的熙来攘往，没有一点异样。

我们依旧摇铃上课。我授课的地方，在楼下临街的一个课室，站在讲台上可以望得见街。

学生们不到的人很少。

"今天的事，"我说道，"你们都已经知道了罢，"学生们都点点头。"我们已经议决，一看到一个日本兵或一面日本旗经过校门，立刻便停课，并且立即地将学校关闭结束。"

学生们的脸上都显现着坚毅的神色，坐得挺直的。但没有一句话。

"但是我这一门课还要照常地讲下去，一分一秒钟也不停顿，直到看见了一个日本兵或一面日本旗为止。"

我不荒废一秒钟的工夫，开始照常地讲下去。学生们照常的笔记着，默默无声的。

这一课似乎讲得格外的亲切，格外的清朗，语音里自己觉得有点异样，似带着坚毅的决心，最后的沉着；像殉难者的最后的晚餐，像冲锋前的士兵们上了刺刀，"引满待发"。镇定安详，没有一丝的紧张的神色。该来的事变，一定会来的。一切都已准备好。

谁都明白这"最后一课"的意义。我愿意讲得愈多愈好；学生们愿意笔记得愈多愈好。

讲下去，讲下去，讲下去。恨不得把所有的应该讲授的东西，统统在这一课里讲完了它，学生们也沙沙的不停的在笔记着。心无旁用。笔不停挥。

别的十几个课堂里也都是这样的情形。

对于要"辞别"的，要"离开"的东西，觉得格外的眷恋。黑板显得格外的光亮，粉笔是分外的白而柔软适用，小小的课桌，觉得十分的可爱；学生们靠在课椅的扶手上，抚摩着，也觉得十分的难分难舍。那晨夕与共的椅子，曾经在扶手上面用钢笔、铅笔或铅笔刀，有意识或无意识地涂写着，刻划着许多字或句的，如何舍得一旦离别了呢！

街上依然的平滑光鲜，小贩们不时地走过，太阳光很有精神的晒着。

我的表在衣袋里嘀嘀的嗒嗒的走着，那声音仿佛听得见。

没有伤感，没有悲哀，只有坚定的决心，沉着异常的在等待着，等待着最后一刻的到来。

远远的有沉重的车轮碾地的声音可听到。

几分钟后。有几辆满载着日本兵的军用车，经过校门口，由东向西，徐徐地走过，当头一面旭日旗，血红的一个圆圈，在迎风飘荡着。

时间是上午 10 时 30 分。

我一眼看见了这些车子走过去，立刻挺立了身体，作着立正的姿势，沉毅的合上了书本，以坚决的口气宣布道："现在下课！"

学生们一致的立了起来，默默的不说一句话，一个女生似在低低的啜泣着。

没有一个学生有什么要问的，没有迟疑，没有踌躇，没有彷徨，个个人都已决定了应该怎么办，应该向哪一个方面走去。

赤热的心，像钢铁铸成似的坚固，像走着鹅步的仪仗队似的一致。从来没有哪天无纷纭的一致的坚决过，从校长到工役。

这样的，光荣的国立暨南大学在上海暂时结束了她的生命，默默的在忙着迁校的工作。

烧书记

　　我们的历史上，有了好几次的大规模的"烧书"之举。秦始皇帝统一六国后，便来了一次烧书。"史官非《秦纪》，皆烧之。非博士官所职，天下敢有藏'诗''书'百家语者，悉诣守尉杂烧之。有敢偶语'诗''书'者弃市。以古非今者族。吏见知不举者与同罪。令下三十日，不烧，黥为城旦。所不去者，医药卜筮种树之书，若欲有学法令，以吏为师。"这是最彻底的烧书，最彻底的愚民之计，和一般殖民地政府，不设立大学而只开设些职业、工艺学校者，有异曲同工之妙。此后，烧书的事，无代无之。有的烧历史文献，以泯篡夺之迹；有的烧佛教、道教的书，以谋宗教上的统一，有的烧淫秽的书，以维持道德的纯洁。近三百年，则有清代诸帝的大举烧书。我们读了好几本的所谓"全毁""抽毁"书目，不禁凛然生畏；至今尚觉得在异族铁蹄下的文化生活的如何窒塞难堪！

　　"八·一三"后，古书、新书之被毁于兵火之劫者多矣。就我个人而论，我寄藏于虹口开明书店里的一百多箱古书，就在八月十四日那一天被烧，烧得片纸不存。我看见东边的天空，有紫黑色的烟云在突突的向上升，升得很高很高，然后随风而四散，随风而淡薄，被烧的东西的焦渣，到处的飘坠。其中就有许多有字迹的焦纸片。我曾经在天井里拾到好几张，一触手便粉碎，但还可以辨识得出些字迹，大约是教科书之类居多。我想，我的书能否捡得到一二张烧焦了的呢？——那时，我已经知道开明书店被烧的情形——当然，这想头是很可笑的。就捡得到了又有什么意义；还不是徒增怊怛与愤激么？

这是兵火之劫，未被劫的还安全的被保存着。所遭劫的还只是些不幸的一二隅之地。但到了"一二·八"敌兵占领了旧租界后，那情形却大是不同了。

我们听到要按家搜查的消息，听到为了一二本书报而逮捕人的消息，还听到无数的可怖的怪事，奇事，惨事。

许多人心里都很着急起来，特别是有"书"的人家。他们怕因"书"惹祸，却又舍不得割爱，又不敢卖出去——卖出去也没有人敢要。有好几个友人，天天对书发愁。

"这部书会有问题么？"

"这个杂志留下来不要紧么？"

"到底是什么该留的，什么不该留的？"

"被搜到了，有什么麻烦没有？"

个个人在互相的询问着，打听着。但有谁能够说明哪几部书是有问题的，或哪些东西是可留的呢？

我那时正忙于烧毁往来有关的信件，有关的记载，和许多报纸、杂志及抗日的书籍——连地图也在内。

我硬了心肠在烧。自己在壁炉里生了火，一包包，一本本，撕碎了，扔进去，眼看它们烧成了灰，一蓬蓬的黑烟从烟通里冒出来，烧焦了的纸片，飞扬到四邻，连天井里也有了不少。

心头像什么梗塞着，说不出的难过。但为了特殊的原因，我不能不如此小心。

连秋白送给我的签了名的几部俄文书，我也不能不把它们送进壁炉里去。

我觉得自己实在太残忍了！我眼圈红了不止一次，有泪水在落。是被烟熏的吧？

实在舍不得烧的许多书，却也不能不烧。踌躇又踌躇，选择又选择，有的头一天留下了，到了第二三天又狠了心把它们烧了。有的，已经烧了，心里却还在惋惜着，觉得很懊悔，不该把它们烧去。

但有了第一次淞沪战争时虹口、闸北一带的经验——有《征倭论》一类的书而被杀，被捉的人不少——自然不能不小心。对于发了狂的兽类，有什么理可讲呢！

整整的烧了三天。我翻箱倒箧的搜查着，捧了出来，动员孩子们在撕在烧。

"爸爸，这本书很好玩，留下来给我吧。"孩子们在恳求着。

我难过极了！我也何尝不想留下来呢？但只好摇摇头，说道："烧了吧，下回去买好一点的书给你。"

在这时候，就有好些住在附近的朋友们在问，什么书该烧，什么书不必烧。

我没法回答他们，领了他们到壁炉边去。

"你自己看吧。我在烧着呢。但我的情形不同。你自己斟酌着办吧。"

这一场烧书的大劫，想起来还有余栗与余憾。

不烧，不是至今还无恙么？

但谁能料得到呢？

把它们设法寄藏到别的地方去吧。

但为什么要"移祸"呢？这是我所绝对不肯做的事。

这是我不能不狠心动手烧的一个原因。

但也实在有些人把自认为"不安全"的书寄藏到别人家里去的。

这还是出于自动的烧。究竟自动烧书的人还不多。大量的"违碍"的书报还储藏在许多人家里。有许多人不肯烧，不想烧，也有人不知道烧，甚至有人压根儿没有想到这件事。

过了不久，敌人的文化统制的手腕加强了。他们通过了保甲的组织，挨户按家的通知，说：凡有关抗日的书籍、杂志、日报等等，必须在某天以前，自动烧毁或呈缴出来。否则严惩不贷。

同时，在各书店，各图书馆，搜查抗日书报，一车车的载运而去，不知运向何方，也不知它们的运命如何。

这一次烧书的规模大极了！差不多没有一家不在忙着烧书的。他们不耐烦呈缴出去，只有出于烧之一途。最近若干年来的报纸、杂志遭劫最甚。有许多人索性把报纸、杂志全都烧毁了，免得惹起什么麻烦。

外间谣传说，连包东西的报纸，上面有了什么抗日的记载，也要追究、捕捉的。

因之，旧报纸连包东西的资格也被取消了。

　　最可怜的是，有的朋友已经到了内地去，他们的书籍还藏在家里，或寄存在某友处。家里的人到处打听，问要紧不要紧，甚至去问保甲处的人。他们当然说要紧的，甚至还加上些恫吓的话。

　　于是，不分青红皂白的，他们把什么书全都付之一炬；只要是有字的，无不投到了火炉里去。

　　记得清初三令五申的搜求"禁书"的时候，有些藏书家的后人，为了省得惹祸，也是将全部古书整批的烧了去。

　　这个书劫，实在比兵，比火，比水等等大劫更大得多，更普遍而深入得多了！

　　这样纷扰了近一个多月，始终不曾见敌伪方面有什么正式的文告。又有人说，这是出于误会，日本人方面并没有这个意思。

　　于是烧书的火渐渐的又灭了，冷了，终至不再有人提起这件事。

　　不烧的人，忘了烧的人，特地要小心保存这类抗日文献的人，当然也有。

　　许多抗日文献还保存得不少。像《文汇年刊》之类，我家里便还保存着，忘记了烧。

　　书如何能烧得尽呢？"野火烧不尽，春风吹又生。"以烧书为统治的手法，徒见其心劳日拙而已。

　　但愿这种书劫，以后不再有！

永在的温情

十月十九日下午五点钟，我在一家编译所一位朋友的桌上，偶然拿起了一份刚送来的 Evening Post，被这样的一个标题"中国的高尔基今晨五时去世"惊骇得一跳。连忙读了下来，这惊骇变成了事实：果然是鲁迅先生去世了！

这消息像闪雷似的，当头打了下来，我呆坐在那里不言不动。

谁想得到这可怕的噩耗竟这样的突然地来呢？

鲁迅先生病得很久了，间歇的发着热，但热度并不甚高。一年以来，始终不曾好好的恢复过，但也从不曾好好的休息过。半年以来，情形尤显得不好。缠绵在病榻上总有三四个月。前一个月，听说他要到日本去。但茅盾告诉我，双十节那一天还遇见他在 l s i s 看 Dobrovsky，中国木刻画展览会，他也曾去参观。总以为他是渐渐的复原了，能够出来走走了。谁又想得到这可怕的噩耗竟这样突然的来呢？

刚在前几天，他还有信给我，说起一部书出版的事；还附带的说，想早日看见《十竹斋笺谱》的刻成。我还没有来得及写回信。

谁想得到这可怕的噩耗竟这样的突然的来呢？

我一夜不曾好好的安心的睡。

第二天赶到万国殡仪馆，站在他遗像的面前，久久的走不开。再一看，他的遗体正在像下，在鲜花的包围里，面貌还是那么清癯而带些严肃，但双眼却永远的闭上了。

我要哭出来，大声的哭，但我那时竟流不出眼泪，泪水为悲戚永在的温情所灼干了。我站在那里，久久走不开。我竟不相信，他竟是那样突然的便离我们而远远的向不可知的所在而去了。

但他的友谊的温情却是永在的，永在我的心上——也永在他的一切友人的心上，我相信。

初和他见面时，总以为他是严肃的冷酷的。他的瘦削的脸上，轻易不见笑容。他的谈吐迟缓而有力，渐渐的谈下去，在那里面你便可以发现其可爱的真挚，热情的鼓励与亲切的友谊。他虽不笑，他的话却能引你笑。他是最可谈、最能谈的朋友，你可以坐在他客厅里，他那间书室（兼卧室）里，坐上半天，不觉得一点拘束、一点不舒服。什么话都谈。但他的话头却总是那么有力。他的见解往往总是那么正确。失去了这样的一位温情的朋友，就个人讲，将是怎样的一个损失呢？

他最勤于写作，也最鼓励人写作。他会不惮其烦的几天几夜的在替一位不认识的青年，或一位不深交的朋友，改削创作，校正译稿。其仔细和小心远过于一位私塾的教师。

他曾和我谈起一件事：有一位不相识的青年寄一篇稿子来请求他改。他仔仔细细的改了寄回去。那青年却写信来骂他一顿，说被改涂得太多了。第二次又寄一篇稿子来，他又替他改了寄回去。这一次的回信，却责备他改得太少。

"现在做事真难极了！"他慨叹的说道。对于人的不易对付和做事之难，他这几年来时时的深切的感到。

但他并不灰心，仍然在做着吃力不讨好的改削创作、校正译稿的事，挣扎着病躯，深夜里，仔仔细细的为不相识的青年或不深交的朋友在工作。

这样的温情的指导者和朋友，一旦失去了，将怎样的令人感到不可补赎之痛呢！

他常感到"工作"的来不及做，特别是在最近一两年，凡做一件事，都总要快快的做。

"迟了恐怕要来不及了。"这句话他常在说。

那样的清楚的心境，我们都是同样的深切的感到的。想不到他自己真的便是那么快的便逝去，还留下要做的许多事没有来得及做——但，后死者却要继续他的事业下去的！

　　最早使我笼罩在他温热的友情之下的，是一次讨论到"三言"问题的信。

　　我在上海研究中国小说，完全像盲人骑瞎马，乱闯乱摸，一点凭借都没有，只是节省着日用，以浅浅的薪水购书，而即以所购入之零零落落的破书，作为研究的资源。那时候实在贫乏得、肤浅得可笑，偶尔得到一部原版的《隋唐演义》却以为了不得的奇遇，至于"三言"之类的书，却是连梦魂里也不曾谈到。

　　他的《中国小说史略》的出版，减少了许多我在暗中摸索之苦。我有一次写信问他"三言"的事，他的回信很快便来了，附来的是他抄录的一张《醒世恒言》的全目——这张目录我至今还保全在我的一部中国小说史略里。他说，《喻世》《警世》，他也没有见到。《醒世恒言》他只有半部。但有一位朋友那里藏有全书，所以他便借了来，抄下目录寄给我。

　　当时，我对于这个有力的帮助，说不出应该怎样的感激才好。这目录供给了我好几次的应用。

　　后来，我很想看看《西湖二集》，又写信问他有没有。不料随了回信同时递到的却是一包厚厚的包裹。打开了看时，却是半部明末版的《西湖二集》，附有全图。我那时实在眼光小得可怜，几曾见过几部明版附插图的平话集，见了《西湖二集》为之狂喜！而他的信道，他现在不弄中国小说，这书留在手边无用，送了给我吧。这贵重的礼物，从一个只见一面的不深交的朋友那里来，这感动是至今跃跃在心头的。

　　我生平从没有意外的获得。我的所藏的书，一部部都是很辛苦的设法购得的，购书的钱，都是夜灯下疾书的所得或减衣缩食的所余。一部部书都可看出我自己的夏日的汗，冬夜的凄栗，有红丝的睡眼，右手执笔处的指端的硬茧和酸痛的右臂。但只有这一集可宝贵的书，乃是我书库里唯一的友情的赠与——只有这一部书！

　　现在这部《西湖二集》也还堆在我最珍爱的几十部明版书的中间，看了它便要泫然泪下。这可爱的直率的真挚的友情，这不意中的难得的帮助，如今是不能再有了！

　　但我心头的温情是永在的！这温情也永在他的一切友人的心上，我相信。